CÍRCULO SECRETO

Série Diários de Stefan

Origens
Sede de sangue
Desejo
Estripador
Asilo

Série Diários do Vampiro

O despertar
O confronto
A fúria
Reunião Sombria
O retorno – Anoitecer
O retorno – Almas Sombrias
O retorno - Meia-Noite
Caçadores - Espectro
Caçadores - Canção da Lua
Caçadores - Destino

Série Mundo das Sombras

Vampiro secreto
Filhas da escuridão
Submissão mortal

Série Círculo Secreto

A iniciação
A prisioneira
O poder
A ruptura
A caçada
A tentação

Série The Originals

Ascensão
A perda

L.J. SMITH

CÍRCULO SECRETO

VOL. 1
A iniciação

Tradução de
Ryta Vinagre

4ª edição

— Galera —

RIO DE JANEIRO
2022

CIP-Brasil. Catalogação-na-fonte
Sindicato Nacional dos Editores de Livros, RJ

S649c
4ª ed.
    Smith, L. J. (Lisa J.)
    A iniciação: Círculo Secreto / L. J. Smith; tradução Ryta Vinagre. – 4ª ed. – Rio de Janeiro: Galera Record, 2022.

    Tradução de: The Initiation: The Secret Circle
    ISBN 978-85-01-09559-6

    1. Literatura juvenil americana. I. Vinagre, Ryta. II. Título.

11-3824.   CDD: 028.5
                                                          CDU: 087.5

Título original em inglês:
The Initiation: The Secret Circle

Copyright © 1992 by Lisa Smith and Daniel Weiss Associates, Inc.
Publicado mediante acordo com Rights People, London.

Todos os direitos reservados. Proibida a reprodução, no todo ou em parte, através de quaisquer meios. Os direitos morais do autor foram assegurados.

Texto revisado segundo o novo Acordo Ortográfico da Língua Portuguesa.

Composição de miolo: Abreu's System

Direitos exclusivos de publicação em língua portuguesa somente
para o Brasil adquiridos pela
EDITORA RECORD LTDA.
Rua Argentina, 171 – Rio de Janeiro, RJ – 20921-380 – Tel.: 2585-2000,
que se reserva a propriedade literária desta tradução.

Impresso no Brasil

ISBN: 978-85-01-09559-6

Seja um leitor preferencial Record.
Cadastre-se e receba informações sobre nossos
lançamentos e nossas promoções.

Atendimento e venda direta ao leitor:
sac@record.com.br

Para minha mãe, paciente e amorosa como a Mãe Natureza
Para meu pai, o cavaleiro perfeito e gentil

1

Não deveria ser tão quente e úmido em Cape Cod. Cassie vira no guia: tudo deveria ser perfeito aqui, como em Camelot.

Exceto, acrescentava o guia como se fosse um detalhe desimportante, pela hera venenosa, e pelos carrapatos, e pelas moscas-varejeiras, e pelos moluscos tóxicos e pelas correntes submarinas nas águas aparentemente tranquilas.

O guia também alertava para não fazer caminhadas pelas penínsulas estreitas porque a maré alta podia surgir e arrastá-lo. Mas neste exato momento Cassie teria dado qualquer coisa para ser levada pelo mar até alguma península que se projetasse bem longe no oceano Atlântico — desde que Portia Bainbridge ficasse do outro lado.

Cassie nunca se sentiu tão infeliz na vida.

— ... e meu outro irmão, aquele da equipe de debates do MIT, o que foi ao Torneio Mundial de Debates na Escócia há dois anos... — dizia Portia. Cassie sentiu os olhos ficando vidrados de novo e voltou ao seu transe miserável. Os dois irmãos de Portia foram do MIT e eram bizarramente realizados, não só intelectualmente como também nos esportes. A própria Portia era bizarramente realizada, embora ainda nem tivesse começado o último ano do ensino médio, como Cassie. E como o assunto preferido de Portia era Portia, ela passou a maior parte do último mês contando tudo sobre sua vida a Cassie.

— ...e então depois que eu fiquei em quinto lugar no discurso improvisado no Campeonato da Liga Nacional Forense do ano passado, meu namorado disse: "Bom, é claro que você vai representar os Estados Unidos..."

Só mais uma semana, disse Cassie a si mesma. Só mais uma semana e poderei ir para casa. O pensamento a encheu de uma saudade tão aguda que as lágrimas vieram aos seus olhos. Casa, onde estavam os amigos. Onde ela não se sentia uma estranha, e fracassada, e chata e burra só porque não sabia o que era um *quahog*. Onde poderia rir de tudo isso — suas férias "maravilhosas" na Costa Leste.

— ...e aí o meu pai disse: "Por que eu não *compro* para você?" Mas eu disse: "Não... Bom, talvez..."

Cassie ficou olhando o mar.

Não que Cape Cod não fosse um lugar bonito. Os pequenos chalés de telhado de cedro, com cercas brancas de ripas cobertas de rosas, cadeiras de balanço de vime na varanda e gerânios pendurados nas vigas, eram lindos como fotos de cartões-postais. E os gramados, as igrejas de torres altas e escolas com arquitetura antiga faziam Cassie se sentir como se tivesse entrado numa época diferente.

Mas todo dia precisava aturar Portia. E embora toda noite Cassie pensasse em uma observação espirituosa e inteligente para dizer a Portia, de algum modo jamais conseguiu realmente verbalizar nenhuma delas. E muito pior que qualquer coisa que Portia pudesse fazer era a sensação dolorosa de *não pertencer àquele lugar*. De ser uma estranha ali, uma estranha na praia errada, completamente fora do seu ambiente. O duplex minúsculo na Califórnia começava a parecer o paraíso para Cassie.

Mais uma semana, pensou ela. Você só precisa aguentar mais uma semana.

E também havia sua mãe, ultimamente tão pálida e tão calada... Uma pontada de preocupação atingiu Cassie, mas ela rapidamente afastou a sensação. Mamãe está bem, disse ela a si mesma com veemência. Provavelmente só está infeliz ali, assim como você, embora este seja seu estado natural. Ela deve estar contando os dias para voltarmos para casa, do mesmo jeito que você.

É claro que era isso, e esse era o motivo pelo qual sua mãe parecia tão infeliz quando Cassie dizia sentir saudades de casa. Sentia-se culpada por ter trazido Cassie, por ter feito este lugar soar como se fosse um paraíso de férias. Tudo ficaria bem — para as duas —, quando voltassem para casa.

— Cassie! Está me ouvindo? Ou está sonhando acordada de novo?

— Ah, estou ouvindo — disse Cassie apressada.

— O que eu acabei de dizer?

Cassie se debateu. Namorados, pensou ela desesperadamente, a equipe de debates, faculdade, a Liga Nacional Forense... As pessoas às vezes a chamavam de sonhadora, mas nunca tanto quanto aqui.

— Eu estava *dizendo* que não deviam deixar que gente assim viesse à praia — disse Portia. — E muito menos com cachorros. Quero dizer, eu sei que isto não é Oyster Harbors, mas pelo menos é limpo. E olha só agora.

Cassie olhou, seguindo o olhar de Portia. Tudo o que via era um garoto andando pela praia. Ela voltou a olhar para Portia, sem entender.

— Ele trabalha num barco de *pesca* — disse Portia, com as narinas dilatadas como se sentisse um cheiro ruim. — Eu vi esse menino hoje de manhã no cais dos pescadores, descarregando. Acho que ele nem trocou de *roupa*. Nem sei as palavras para descrever como isso é sujo e nojento.

Ele não parecia nada sujo para Cassie. Tinha cabelo ruivo-escuro, era alto e até de onde estava ela podia ver que ele estava sorrindo. Tinha um cachorro perto dos pés.

— A gente nunca fala com os caras dos barcos de pesca. Nem mesmo olhamos para eles — continuou Portia. E Cassie via que era verdade. Havia talvez uma dezena de outras garotas na praia, em grupos de duas ou três, algumas com garotos, a maioria não. Enquanto o cara alto passava, as meninas olhavam para outro lugar, virando-se para a direção oposta. Não era uma espécie de virar-a-cara-e-depois-se-voltar-e-rir do tipo sedutor. Era uma rejeição preconceituosa. Conforme o garoto se aproximava de Cassie, ela pôde ver que aquele sorriso foi ficando intimidador.

Agora as duas meninas mais próximas de Cassie e Portia viravam a cara, quase torcendo o nariz. Cassie viu o garoto dar de ombros de leve, como se não esperasse mais do que aquilo. Ela ainda não via nada de nojento nele; vestia bermuda cortada e esfarrapada e uma camiseta que já vira dias melhores, mas muitos meninos usavam roupas assim. E o cachorro dele trotava bem atrás, abanando o rabo, amistoso e atento. Não estavam incomodando ninguém. Cassie olhou no rosto do garoto, curiosa para ver seus olhos.

— Olhe para *baixo* — cochichou Portia. O garoto passava bem na frente delas. Cassie olhou para baixo apressadamente, obedecendo no automático, embora no fundo sentisse uma onda de rebeldia. Aquilo parecia mesquinho, desagradável, desnecessário e cruel. Ela ficou com vergonha de participar, mas não conseguia deixar de fazer o que Portia dizia.

Cassie olhou para seus dedos se arrastando na areia. Podia ver cada grão sob o sol forte. De longe, a areia parecia branca, mas de perto cintilava de cores: pontos de mica preta e verde, fragmentos de conchas em tons pastel, lascas de quartzo vermelho como granadas minúsculas. É injusto, pensou ela sobre o garoto, que obviamente não a ouvia. Desculpe-me; isso não é justo. Eu queria fazer alguma coisa, mas não posso.

Um focinho molhado encostou por baixo de sua mão.

O susto fez com que ela prendesse a respiração, e um riso ficou preso na garganta. O cachorro empurrou sua mão de novo, sem pedir; exigindo. Cassie o afagou, coçando os pelos curtos, eriçados e sedosos perto do focinho. Era um pastor-alemão, ou o era em boa parte, um cachorro grande e bonito de olhos castanhos, espertos e lacrimejantes e uma boca sorridente. Cassie sentiu a máscara rígida e constrangida que usava se quebrar e riu daquilo.

Depois ela levantou a cabeça para o dono, rapidamente, sem conseguir se controlar. Olhou bem nos olhos dele.

Mais tarde, Cassie pensaria naquele momento: o instante em que se olharam. Os olhos dele eram de um cinza-azulado, como o mar no que tinha de mais misterioso.

O rosto era singular; não convencionalmente bonito, mas cativante e intrigante, com maçãs delineadas e uma boca decidida. Orgulhoso, independente, bem-humorado e sensível ao mesmo tempo. Enquanto ele a olhava de cima, seu sorriso intimidador se iluminou e algo cintilou nos olhos cinza-azulados, como o sol brilhando nas ondas.

Normalmente Cassie era tímida com os garotos, especialmente com os que não conhecia, mas este era só um trabalhador pobre dos barcos pesqueiros, e ela lamentou por ele. Queria ser gentil e, além do mais, ela não conseguia evitar. Então, quando sentiu que começava a lhe retribuir aquele brilho, o riso radiante em resposta ao sorriso dele, deixou rolar. Naquele instante foi como se estivessem partilhando um segredo, algo que mais ninguém na praia podia entender. O cachorro se agitava de êxtase, como se também participasse.

— *Cassie* — foi o chiado fulminante de Portia.

Cassie sentiu que ficou vermelha e tirou os olhos do rosto do garoto. Portia parecia furiosa.

— Raj! — disse ele, agora sem rir. — Junto!

Com aparente relutância, o cachorro se afastou de Cassie, ainda abanando o rabo. Depois, espalhando areia, correu para o dono. Não é justo, pensou Cassie de novo. Então a voz do garoto a surpreendeu.

— A *vida* não é justa — disse ele.

Pasma, os olhos de Cassie voaram para o rosto dele.

Os olhos do garoto eram escuros como o mar numa tempestade. Ela viu isso com clareza e, por um momento, quase ficou assustada, como se tivesse enxergado algo proibido, algo além de sua compreensão. Mas poderoso. Algo poderoso e estranho.

E então o garoto foi andando, seguido pelo cachorro saltitante. Ele não olhou para trás.

Cassie fitou-o de costas, pasma. Não tinha falado em voz alta; tinha certeza de que não tinha falado em voz alta. Mas, então, como é possível que ele tenha lhe ouvido?

Seus pensamentos foram interrompidos por um assobio a seu lado. Cassie se encolheu, sabendo exatamente o que Portia iria dizer. Que era bem provável que aquele cachorro tivesse sarna, pulgas, vermes e um tipo de tuberculose. A toalha de Cassie devia estar tomada de parasitas naquele instante.

Mas Portia não disse isso. Também olhava para as figuras do garoto e do cachorro que subiam uma duna, depois pegavam um pequeno trecho de relva na praia. E embora ela estivesse claramente enojada, havia algo em seu rosto... uma espécie de especulação sombria e suspeita que Cassie jamais vira.

— Qual é o problema, Portia?

Os olhos de Portia se estreitaram.

— Eu acho — começou devagar, com os lábios tensos — que já vi esse sujeito antes.

— Você já disse isso. Você o viu no cais dos pescadores.

Portia balançou a cabeça, impaciente.

— Não é *isso*. Cala a boca e me deixa pensar.

Assustada, Cassie se calou.

Portia continuou a olhar, e alguns instantes depois começou a balançar a cabeça, de leve, confirmando alguma coisa consigo mesma. Seu rosto estava vermelho e não era por causa do sol.

De repente, ainda assentindo, ela murmurou alguma coisa e se levantou. Agora sua respiração estava acelerada.

— Portia?

— Preciso fazer uma coisa — disse Portia, acenando para Cassie sem olhar para ela. — Você fica aqui.

— O que está *acontecendo*?

— Nada! — Portia olhou-a incisivamente. — Não está acontecendo nada. Esqueça tudo isso. A gente se vê mais tarde. — Ela se afastou, rapidamente, indo para as dunas, na direção do chalé de sua família.

Dez minutos antes, Cassie teria dito que estava louca de felicidade por Portia tê-la deixado sozinha, por qualquer motivo. Mas agora descobria que não podia curtir isso. Sua mente estava tão agitada quanto o mar azul-cinzento e revolto antes de uma tempestade. Sentia-se agitada, aflita e quase apavorada.

O mais estranho foi o que Portia murmurou antes de se levantar. Foi à meia-voz, e Cassie não tinha certeza de que havia ouvido direito. Deve ter sido outra coisa, como "bucha", "trouxa" ou "puxa".

Ela *deve* ter ouvido mal. Não se pode chamar um *homem* de bruxa, pelo amor de Deus.

Calma, disse a si mesma. Sem estresse. Enfim, você está sozinha.

Mas por algum motivo não conseguia relaxar. Ela se levantou e pegou a toalha. Depois, enrolando-se nela, partiu pela praia na direção que o garoto tomou.

2

Quando chegou ao lugar onde o garoto tinha virado, Cassie subiu as dunas em meio a montinhos deploráveis de grama irregular. Lá em cima ela olhou ao redor, mas não havia nada além de arbustos de pinheiros e carvalhos. Nenhum garoto. Nenhum cachorro. Silêncio.

Ela estava com calor.

Tudo bem; ótimo. Cassie se virou para o mar, ignorando o sentimento de decepção, o estranho vazio que sentiu de repente. Ia ficar suada e se gripar. O problema de Portia era de Portia. Quanto ao ruivo — bom, era provável que nunca mais o visse, e ele também não era problema dela.

Um pequeno tremor a inquietou por dentro; não do tipo que transparece, mas daquele que faz uma pessoa se perguntar se está doente. Deve estar calor *demais*, concluiu ela; calor suficiente para ter calafrios. Preciso de um mergulho na água.

A água estava fria, porque este era o lado de mar aberto, virado para o Atlântico, de Cape. Ela entrou até os joelhos na água e continuou andando pela praia.

Quando chegou a um píer, saiu do mar espalhando água e subiu. Só três barcos estavam atracados ali: dois a remo e um a motor. Estava deserto.

Era exatamente disso que Cassie precisava.

Ela desenganchou a corda grossa e puída que pretendia manter as pessoas afastadas do píer e entrou. Foi até bem longe, com a madeira castigada pelo tempo rangendo sob seus pés e a água se estendendo dos dois lados. Quando olhou na direção da praia, viu que tinha deixado os outros banhistas bem para trás. Uma leve brisa soprou em seu rosto, agitando o cabelo e dando-lhe arrepios nas pernas molhadas. De repente ela se sentiu... Não conseguia explicar. Como um balão sendo apanhado e erguido pelo vento. Sentiu-se leve, sentiu-se expandir. Sentiu-se livre.

Ela queria estender os braços para a brisa e o mar, mas não ousaria tanto. Não era tão livre *assim*. Mas sorriu ao chegar à extremidade do píer.

O céu e o mar eram exatamente do mesmo azul-escuro de uma joia, mas o céu clareava no horizonte, onde os dois se encontravam. Cassie pensou que podia ver a curvatura da Terra, mas devia ser sua imaginação. Andorinhas-do-mar e gaivotas-prateadas sobrevoavam em círculos.

Eu devia escrever um poema, pensou Cassie. Tinha um caderno cheio de poemas rabiscados em casa, debaixo da cama. Nunca os mostrou a ninguém, mas olhava-os à noite. Neste momento, porém, não conseguia pensar em palavra nenhuma.

Ainda assim, era maravilhoso simplesmente estar ali, sentindo o cheiro do mar salgado, as tábuas quentes sob os pés e ouvindo o ir e vir suave da água batendo nas pilastras de madeira.

Era um som hipnótico, ritmado como o coração de um gigante ou a respiração do planeta, e estranhamente familiar. Ela se sentou, olhou e escutou, e então sentiu a própria respiração se acalmar. Pela primeira vez desde que chegou a New England, Cassie se sentiu pertencendo a este lugar. Era parte da vastidão do céu, do mar e da terra; uma parte mínima de toda a imensidão, mas uma parte exatamente igual às outras.

E aos poucos lhe ocorreu que sua parte podia não ser tão pequena. Ela estava imersa no ritmo da terra, mas agora quase lhe parecia que controlava esse ritmo. Como se os elementos, junto com ela, fossem um só, e estivessem sob seu comando. Sentia a pulsação de vida no planeta, em si mesma, forte, profunda e vibrante. A batida lentamente ganhava tensão e expectativa, como se esperasse por... alguma coisa.

Pelo quê?

Olhando o mar, Cassie sentiu as palavras chegarem. Só uma pequena rima, como algo que se ensina a uma criança, mas ainda assim um poema:

Céu e mar, não deixem o mal de mim se aproximar.

O estranho era que não parecia uma coisa que ela tivesse inventado. Parecia mais como algo que tinha lido — ou ouvido — havia muito tempo. Cassie teve um lampejo de uma imagem: ela nos braços de alguém, olhando o mar. Sendo erguida para o alto e ouvindo palavras.

Céu e mar, não deixem o mal de mim se aproximar. Fogo e terra, tragam...

Não.

Toda a pele de Cassie formigava. Podia sentir como nunca a imensidão do céu, a solidez de granito da terra e a extensão quase infinita do mar, onda após onda, até o horizonte e além dele. E era como se todos a estivessem esperando, observando, ouvindo.

Não termine, pensou ela. Não diga mais nada. Uma convicção repentina e irracional tomou conta de Cassie. Desde que não descobrisse os últimos versos do poema, ficaria segura. Tudo ficaria como sempre foi; ela voltaria para casa e levaria sua vida tranquila e comum em paz. Desde que não dissesse as palavras, ficaria bem.

Mas o poema corria por sua mente, como o tinir distante da música de um vendedor de sorvete, e as últimas palavras encaixaram-se em seu lugar. Ela não podia impedi-las:

Céu e mar, não deixem o mal de mim se aproximar. Fogo e terra, tragam... o que meu desejo espera.

Sim.

Ah, o que foi que eu *fiz*?

Era como uma corda se arrebentando. Cassie se viu de pé, olhando loucamente o mar. Algo havia acontecido; ela sentira, e agora também podia sentir os elementos recuando, a conexão entre eles rompida.

Já não se sentia livre e leve, mas nervosa e sem harmonia, cheia de eletricidade estática. De repente o mar lhe parecia mais vasto do que nunca e não necessariamente amistoso. Virando-se de repente, voltou para a praia.

Idiota, pensou ela ao se aproximar outra vez da areia branca, e a sensação de medo se afastou. Estava com medo de quê? De que o céu e o mar de fato a estivessem ouvindo? De que aquelas palavras realmente *provocassem* alguma coisa?

Ela quase podia rir disso agora, e estava envergonhada e irritada consigo mesma. Mas isso é que é imaginação fértil.

Ainda estava em segurança, e o mundo ainda era comum. As palavras eram apenas palavras.

Mas quando um movimento chamou sua atenção, ela sempre se lembraria de que, no fundo, não havia ficado surpresa.

Algo *estava* acontecendo. Havia movimento na praia.

Era o ruivo. Saíra de repente de entre os pinheiros e descia correndo uma duna. Súbita e inexplicavelmente calma, ela correu o resto do caminho pelo píer para se encontrar com ele quando chegasse à areia.

O cachorro atrás do ruivo saltava com facilidade, olhando a cara do garoto como se dissesse que esta era uma ótima brincadeira, e o que vem depois? Mas pela expressão do rapaz e pelo modo como corria, Cassie sabia que não era uma brincadeira.

Ele olhou a praia deserta de um lado a outro. A uns cem metros à esquerda projetava-se um pontal, então não era possível ver o que havia depois. Ele olhou para Cassie, e seus olhos se encontraram. Depois, virando-se abruptamente, partiu para o pontal.

O coração de Cassie batia forte.

— Espere! — chamou com urgência.

Ele se virou, fitando-a rapidamente com seus olhos cinza-azulados.

— Quem está atrás de você? — disse ela, embora achasse que sabia.

A voz dele era bem clara, as palavras concisas:

— Dois caras com jeito de *linebackers* dos New York Giants.

Cassie concordou balançando com a cabeça, sentindo o coração se acelerar. Mas sua voz ainda era calma.

— Eles se chamam Jordan e Logan Bainbridge.

— Era de se esperar.

— Já ouviu falar deles?

— Não. Mas era de se esperar que tivessem nomes assim.

Cassie quase riu. Gostava da aparência dele, tão descabelada e alerta, sem ter perdido o fôlego depois de correr tanto. E ela gostou do brilho atrevido em seus olhos e de ele fazer piada, embora estivesse em apuros.

— Raj e eu daríamos conta deles, mas estão com uns amigos — disse ele, virando-se de novo. Andando de costas, acrescentou: — É melhor ir para o outro lado... Não vai querer esbarrar neles. E seria bom se você fingisse que não me viu.

— Espere! — gritou Cassie.

O que estava acontecendo não era da conta dela... Mas Cassie se viu falando sem hesitar. Havia algo naquele garoto; algo que lhe dava vontade de ajudá-lo.

— Por aí é um beco sem saída... Depois do pontal você dará nas pedras. Vai cair numa armadilha.

— Mas para o outro lado é reto demais. Eu ainda ficaria à vista quando chegassem aqui. Eles não estão muito para trás.

Os pensamentos de Cassie voaram, e de repente ela entendeu.

— Esconda-se no barco.

— O quê?

— No *barco*. No barco a motor. No píer — gesticulou. — Pode se enfiar na cabine e eles não o verão.

Os olhos dele seguiram os de Cassie, mas ele balançou a cabeça.

— Eu ficaria numa armadilha de verdade se me achassem ali. E Raj não gosta de nadar.

— Eles não vão te encontrar — disse Cassie. — Nem vão chegar perto. Vou dizer a eles que você foi pela praia, por ali.

Ele a olhou, o sorriso morrendo em seus olhos.

— Você não entende — disse ele em voz baixa. — Esses caras são barra-pesada.

— Eu não *ligo* — disse Cassie, e quase o empurrou para o píer. Rápido, rápido, rápido, insistia alguma coisa em seu cérebro. Sua timidez desaparecera. Só o que importava era que ele ficasse fora de vista. — O que vão fazer comigo, me bater? Sou uma testemunha inocente — disse ela.

— Mas...

— Ah, *por favor*. Não discuta. Vá!

Ele a olhou por um último momento, depois se virou, batendo na coxa para chamar o cachorro.

— Vamos, garoto! — disse e correu para o píer, saltando com facilidade no barco a motor e desaparecendo ao se meter na cabine. O cachorro o seguiu numa disparada potente e latiu.

Shhh!, pensou Cassie. Agora os dois estavam escondidos no barco, mas se alguém subisse o píer, eles ficariam totalmente visíveis. Ela prendeu a alça da corda puída na última pilastra, fechando o píer.

Depois lançou um olhar frenético em volta e foi para o mar, espalhando água. Curvando-se, pegou um punhado de areia e conchas. Deixou que a água lavasse a areia da gaiola frouxa de seus dedos e segurou as duas ou três conchinhas que ficaram. Estendeu a mão para pegar outro punhado.

Ela ouviu gritos vindo das dunas.

Estou catando conchas, só estou catando conchas, pensou ela. Não preciso nem olhar ainda. Não estou preocupada.

— Ei!

Cassie levantou a cabeça.

Havia quatro deles, e os dois da frente eram os irmãos de Portia. Jordan era o da equipe de debates e Logan o do Clube de Tiro. Ou era o contrário?

— Ei, você viu um cara correndo por aqui? — perguntou Jordan. Eles olhavam para todos os lados, tensos como cães seguindo um rastro, e de repente outro verso de poesia veio a Cassie. *Quatro sabujos magros se agacharam e sorriram.* Só que esses sujeitos não eram magros; eram fortes e estavam suados. E sem fôlego, percebeu Cassie, um tanto desdenhosa.

— É a amiga de Portia... Cathy — disse Logan. — Ei, Cathy, um cara passou correndo por aqui?

Ela andou até Logan lentamente, com as mãos cheias de conchas. Seu coração batia nas costelas com tanta força que Cassie tinha certeza de que eles podiam ver. A língua estava paralisada.

— Não dá para falar? O que está fazendo aqui?

Muda, Cassie estendeu as mãos, abrindo-as.

Eles trocaram olhares e bufos, e Cassie percebeu como ela devia aparentar para esses caras universitários — uma menina frágil, de cabelo castanho comum, e olhos azuis normais. Só uma idiotinha do ensino médio da Califórnia cuja ideia de diversão era catar conchas sem valor.

— Viu alguém *passar* por aqui? — disse Jordan, impaciente, mas devagar, como se ela tivesse dificuldade de ouvir.

De boca seca, Cassie assentiu e olhou a praia na direção do pontal. Jordan estava com um agasalho aberto sobre a camiseta, que ficava estranho num clima quente como aquele. Mais estranho ainda era o volume por baixo, mas ao se virar, Cassie viu o brilho de metal.

Uma *arma*?

Jordan deve ser o do Clube de Tiro, pensou ela sem dar muita importância.

Agora que viu um motivo para realmente ter medo, reencontrou a voz e disse num tom rouco:

— Um garoto e um cachorro foram por ali há alguns minutos.

— Vamos pegá-lo! Ele vai ficar preso nas pedras! — disse Logan. Ele e os dois caras que Cassie não conhecia partiram pela praia, mas Jordan se virou para Cassie.

— Tem certeza?

Assustada, ela o olhou. Por que ele perguntava? Ela arregalou os olhos de propósito e tentou parecer o mais imatura e idiota possível.

— Tenho...

— Porque isso é *importante*. — E de repente ele estava segurando seu pulso. Cassie olhou para baixo, pasma, as conchas se espalhando, surpresa demais ao ser agarrada para dizer alguma coisa. — É muito importante — disse Jordan, e ela sentia a tensão correndo pelo corpo dele, sentia o cheiro azedo de seu suor. Foi tomada por uma onda de repulsa e se esforçou para se manter inexpressiva, de olhos arregalados. Tinha medo de que ele a puxasse para perto de si, mas Jordan só torceu seu pulso.

Ela não pretendia chorar, mas não conseguiu evitar. Em parte por dor, em parte por uma reação a algo que viu em seus olhos, algo fanático e cruel, quente como o fogo. Ela se viu ofegando, com mais medo do que se lembrava de sentir desde que era criança.

— Sim, eu tenho certeza — disse ela sem fôlego, olhando aquela crueldade sem se permitir virar o rosto. — Ele foi por ali e contornou o pontal.

— Vamos, Jordan, deixe a garota em paz! — gritou Logan. — É só uma criança. Vamos!

Jordan hesitou. Ele sabe que estou mentindo, pensou Cassie com um fascínio curioso. Ele sabe, mas tem medo de confiar no que sabe porque não sabe *como* sabe.

Acredite em mim, pensou ela, olhando-o bem nos olhos, desejando que ele acreditasse. Acredite em mim e vá embora. Acredite em mim. *Acredite em mim.*

Ele soltou seu pulso.

— Desculpe — murmurou ele sem nenhuma delicadeza, virando-se e correndo com os outros.

— Tudo bem — sussurrou Cassie, imóvel.

Tremendo, ela os viu correndo pela areia molhada, no vai e vem dos cotovelos e joelhos, o agasalho de Jordan batendo frouxo às costas. A fraqueza se espalhou do estômago para as pernas, e os joelhos de Cassie de repente pareciam massa de modelar.

Num estalo, ela voltou a ter consciência do som do mar. Um som reconfortante que parecia envolvê-la. Quando as quatro figuras que corriam viraram num canto e desapareceram de vista, ela se virou para o píer, pretendendo dizer ao ruivo que agora ele podia sair.

Ele já fizera isso.

Devagar, ela guiou suas pernas moles como gelatina a levarem ao píer. Ele estava parado ali e a feição em seu rosto provocou uma estranha sensação em Cassie.

— É melhor dar o fora daqui... Ou se esconder de novo — disse ela, hesitante. — Eles podem voltar logo...

— Acho que não.

— Bom... — Cassie se interrompeu, olhando-o, quase com medo. — Seu cachorro foi muito bom — disse ela por fim, insegura. — Quero dizer, não latiu nem nada.

— Ele sabe se comportar.

— Ah... — Cassie olhou a praia, pensando em algo mais para dizer. A voz dele era gentil, não tinha aspereza, mas aquele olhar penetrante que não deixava seus olhos e sua boca tinha um ar meio sinistro. — Acho que eles agora sumiram mesmo — disse ela.

— Graças a você. — Ele se virou para ela e seus olhos se encontraram. — Não sei *como* te agradecer — acrescentou ele — por enfrentar isso por mim. Você nem me conhece.

Cassie sentiu-se ainda mais esquisita. Olhar o garoto a deixava quase tonta, mas não conseguia tirar os olhos dele. Não havia mais aquele brilho neles agora; eram de um tom como aço azul-acinzentado. Irresistíveis, hipnóticos. Atraindo-a para mais perto, atraindo-a para eles.

Mas eu conheço você, pensou ela. Nesse instante uma imagem estranha apareceu em sua mente. Era como se flutuasse fora de si e pudesse ver os dois, parados na praia. Ela via o sol brilhando no cabelo dele e seu próprio rosto virado para o do garoto. E os dois estavam ligados por um cordão prateado que zumbia e zumbia com força.

Uma faixa de energia ligando-os. Era tão real que ela quase podia tocar. Unia um coração a outro e tentava aproximar ainda mais os dois.

Veio-lhe um pensamento, como se uma vozinha do fundo dela sussurrasse. *O cordão prateado nunca poderá ser rompido. Suas vidas estão ligadas. Não podem escapar um do outro mais do que podem escapar do destino.*

De repente, com a mesma rapidez, a imagem e a voz sumiram. Cassie piscou e balançou a cabeça, tentando recuperar a razão. Ele ainda a olhava, esperando por uma resposta à pergunta que fizera.

— Que bom que consegui ajudar — disse ela, sentindo que suas palavras eram desajeitadas e inadequadas. — E eu não me importei... com o que aconteceu. — Os olhos dele se voltaram para o pulso de Cassie e houve um clarão neles, quase prateado.

— Eu *me importei* — disse ele. — Eu devia ter saído antes.

Cassie balançou a cabeça de novo. A última coisa que queria era que ele fosse apanhado e se ferisse.

— Eu só queria ajudar você — repetiu ela com ternura, confusa. Depois disse: — Por que eles estavam te perseguindo?

Ele virou a cara, respirando fundo. Cassie teve a sensação de ter passado dos limites.

— Tudo bem. Eu não devia perguntar... — começou ela.

— Não — ele a olhou novamente e sorriu, um sorriso irônico e torto — se alguém tem o direito de perguntar, é você. Mas é meio complicado de explicar. Estou... fora da minha área. Na minha cidade, eles não se atreveriam a me perseguir. Nem se atreveriam a me *olhar* feio. Mas aqui, eu sou um alvo.

Ela ainda não entendia.

— Eles não gostam de pessoas que são... diferentes — disse ele com a voz baixa de novo. — E eu sou diferente deles. Sou muito, muito diferente.

Sim, pensou Cassie. O que quer que ele fosse, não era como Jordan ou Logan. Nem era parecido com ninguém que ela tenha conhecido.

— Foi mal. Isso não é bem uma explicação, eu sei — disse ele. — Ainda mais depois do que você fez. Você me ajudou e não vou me esquecer disso — olhou para si mesmo e deu uma risada rápida. — É claro que não parece que há muito que *eu* possa fazer por *você*, há? Não aqui. Se bem que... — ele se interrompeu. — Espera um pouco.

Ele pôs a mão no bolso, os dedos tateando em busca de alguma coisa. A um só tempo a vertigem de Cassie a dominou e seu sangue correu para o rosto. Ele procurava dinheiro? Será que pensava que podia *pagar-lhe* por ajudá-lo? Ela ficou humilhada e mais abalada do que quando Jordan a segurou pelo pulso, e não conseguiu impedir que as lágrimas tomassem seus olhos.

Mas o que ele tirou do bolso foi uma pedra, uma rocha parecida com a que se pode pegar no leito do mar. Pelo menos era o que parecia, no início. Um lado era áspero e cinza, incrustado de espirais pretas, minúsculas como conchinhas. Mas ele a virou, e o outro lado era cinza com um redemoinho azul-claro, cristalizado, cintilando ao sol como se fosse recoberto com açúcar cristalizado. Era linda.

Ele a colocou na palma da mão de Cassie, fechando seus dedos em volta dela. Ao tocá-la, ela sentiu um choque elétrico que correu por sua mão e subiu ao braço. A pedra parecia *viva* de uma forma que ela não conseguia explicar. Pelo latejar nos ouvidos, ela o escutou falar, rapidamente e baixinho:

— Isto é calcedônia. É uma... pedra da sorte. Se um dia estiver com problemas, em perigo ou qualquer coisa assim, se numa hora você se sentir totalmente sozinha e ninguém puder ajudá-la, segure-a com força... *com força* — os dedos dele apertaram os dela — e pense em mim.

Ela o encarou, hipnotizada. Mal respirava e seu peito parecia cheio demais. Ele estava tão perto; podia ver seus olhos, da cor do cristal, e sentia seu hálito na pele e o calor de seu corpo refletindo o calor do sol. Seu cabelo não era só ruivo, tinha todas as cores, algumas mechas tão escuras que eram quase roxas, outras como a cor de um vinho da Borgonha, outras douradas.

Diferente, Cassie pensou de novo; ele era diferente de qualquer cara que tenha conhecido. Uma corrente quente e doce percorria seu corpo, uma sensação de rebeldia e possibilidade. Ela tremia e sentia o coração batendo nos dedos, mas não sabia se era o dela ou o dele. Ele parecera ouvir seus pensamentos antes; agora era quase como se estivesse em sua mente. Estava tão perto e a olhava de cima...

— E o que vai acontecer depois? — sussurrou ela.

— Depois... Talvez sua sorte vá mudar. — De repente ele recuou, como se tivesse acabado de se lembrar de alguma coisa, e seu tom se alterou. O momento passou. — Vale a pena tentar, não acha? — disse ele, alegre.

Incapaz de falar, ela assentiu. Agora ele estava brincando. Mas não estava assim antes.

— Preciso ir. Eu não devia ter ficado esse tempo todo — completou ele.

Cassie engoliu em seco.

— É melhor ter cuidado. Acho que Jordan tem uma arma...

— Isso não me surpreenderia — e fez um gesto de desprezo, impedindo-a de dizer mais alguma coisa. — Não se preocupe; vou embora de Cape. Por ora, pelo menos. Mas vou voltar; talvez eu te veja depois. — Começou a se virar, então parou por um último momento e pegou sua mão de novo. Cassie ficou assustada demais com a sensação de sua pele contra a dele para fazer alguma coisa. Ele virou sua mão e olhou as marcas vermelhas no pulso, depois roçou de leve a ponta dos dedos por elas. O brilho com tonalidade de aço tinha voltado a seus olhos quando ele levantou a cabeça.

— E acredite — sussurrou o garoto —, um dia ele vai pagar por isso. Eu lhe prometo.

Depois ele fez uma coisa que chocou Cassie mais do que qualquer outra durante aquele dia cheio de fortes emoções. Levou a mão ferida aos lábios e a beijou. Foi o mais suave e leve dos toques, que correu por Cassie como fogo. Ela o olhou, pasma e incrédula, inteiramente sem fala. Não conseguia se mexer nem pensar; só ficar parada ali e *sentir*.

E então ele foi andando, assobiando para o cão, que correu em círculos em volta de Cassie antes de finalmente disparar. Ela estava sozinha, olhando-o ir, os dedos cerrados com força na pedrinha áspera na palma da mão.

Foi só então que ela percebeu que não tinha perguntado o nome dele em momento algum.

3

Um minuto depois, Cassie saiu de seu torpor. Era melhor se mexer; Logan e Jordan voltariam a qualquer segundo. E se percebessem que ela havia mentido de propósito para eles...

Cassie sofria ao subir com dificuldade a duna íngreme. O mundo ao seu redor parecia comum de novo, mas era cheio de magia e mistério. Era como se estivesse num sonho e agora acordasse. No que ela estava pensando? Em algum absurdo sobre cordões prateados, destino e um cara que não era parecido com nenhum outro. Mas tudo isso era ridículo. A pedra em sua mão era só uma pedra. E as palavras eram só palavras. Até aquele garoto... É claro que de maneira alguma ele podia ouvir seus pensamentos. Ninguém pode fazer isso; tinha de haver uma explicação racional...

Ela apertou mais a pedrinha. Sua mão ainda estava arrepiada onde ele a segurara, e a pele que ele havia tocado com a ponta dos dedos *parecia* diferente de qualquer outra parte de seu corpo. Ela pensou que sempre sentiria o toque dele, independentemente do que lhe acontecesse no futuro.

Depois de entrar no chalé de verão que ela e a mãe alugaram, Cassie trancou a porta da frente. E parou. Podia ouvir a voz da mãe vindo da cozinha, e, pelo som, sabia que havia alguma coisa errada.

A Sra. Blake estava ao telefone, de costas para a porta, a cabeça meio tombada, segurando firme o fone no ouvido. Como sempre, Cassie ficou abalada com a magreza de varapau da mãe. Somada ao cabelo preto e escuro preso com simplicidade à nuca, a Sra. Blake passaria por uma adolescente. Isso fez Cassie se sentir protetora com relação à mãe. Na verdade, às vezes ela quase achava que ela era a mãe, e a mãe era a filha.

E então isso a fez decidir não interromper a conversa da mãe. A Sra. Blake estava perturbada e a intervalos dizia "Sim" ou "Eu sei" numa voz cheia de tensão.

Cassie se virou e foi para o quarto.

Foi até a janela e olhou, perguntando-se vagamente o que estava havendo com a mãe. Mas só conseguia pensar no garoto da praia.

Mesmo que Portia soubesse o nome dele, ela jamais diria, Cassie tinha certeza disso. E, sem o nome, como ela o encontraria de novo?

Não encontraria. Esta era a verdade brutal, e devia encará-la desde já. Mesmo que *descobrisse* seu nome, não era do tipo de perseguir um garoto. Nem saberia como.

— E daqui a uma semana eu vou para casa — sussurrou. Pela primeira vez essas palavras não lhe trouxeram uma onda de conforto e esperança. Ela colocou o pedacinho de calcedônia na mesa de cabeceira, que fez uma espécie de tinido final.

— Cassie? Disse alguma coisa?

Cassie se virou rapidamente e viu a mãe à porta.

— Mãe! Eu não sabia que tinha desligado o telefone. — Como a mãe continuava a olhá-la inquisitivamente, acrescentou: — Só estava pensando em voz alta. Disse que vamos para casa na semana que vem.

Uma expressão estranha cruzou o rosto da mãe, como uma dor reprimida inesperada. Seus olhos pretos e grandes tinham olheiras escuras e percorreram nervosos o quarto.

— Mãe, qual é o problema? — disse Cassie.

— Só estava falando com a sua avó. Lembra que eu pretendia que a gente fosse de carro vê-la na semana que vem?

Cassie se lembrava muito bem. Disse a Portia que ela e a mãe iam de carro pela costa, e Portia rebateu que não chamavam aqui de costa. De Boston a Cape era o litoral sul, e subindo de Boston a New Hampshire era o litoral norte, e se você fosse ao Maine, descia para o leste e, aliás, onde é que a avó dela morava mesmo? E Cassie não soube responder porque a mãe nunca tinha dito o nome da cidade.

— Sim — disse ela. — Eu me lembro.

— Acabei de falar com ela ao telefone. Ela está velha, Cassie, e não parece muito bem. Está pior do que eu pensava.

— Ah, mãe. Sinto muito. — Cassie não conhecia a avó, nunca havia sequer visto uma foto dela, mas ainda assim se sentiu mal. A mãe e a avó ficaram afastadas por anos, desde que Cassie nasceu. Tinha algo a ver com a mãe sair de casa, mas foi tudo o que ela lhe disse sobre o assunto. Nos últimos anos, no entanto, haviam trocado algumas cartas, e Cassie pensou que no fundo as duas ainda se amavam. Cassie *tinha esperanças* de que, no fim das contas, se amassem e estava ansiosa por conhecer a avó. — Eu sinto muito mesmo, mãe — disse em seguida. — Ela vai ficar bem?

— Não sei. Está sozinha naquela casa enorme, tão solitária... E agora, com essa flebite, alguns dias ela tem dificuldade para andar. — O sol refletia em faixas de luz e sombra pelo rosto da mãe. Ela falava baixinho, mas quase de um jeito formal, como se estivesse reprimindo com dificuldade alguma emoção forte.

— Cassie, sua avó e eu temos nossos problemas, mas ainda somos uma família, e ela não tem mais ninguém. Está na hora de enterrar o passado e colocar uma pedra em cima das nossas diferenças.

Sua mãe nunca havia falado tão abertamente sobre o afastamento das duas.

— O que aconteceu, mãe?

— Agora não importa. Ela queria que eu... seguisse um caminho que eu não queria. Achou que estava fazendo a coisa certa... E agora está totalmente só e precisa de ajuda.

Uma angústia percorreu Cassie. Preocupação pela avó que ela não conhecia — e mais alguma coisa. Um tipo de prenúncio pela expressão no rosto da mãe, de alguém prestes a dar más notícias e que não conseguia encontrar as palavras.

— Cassie, eu pensei muito nisso e só há uma coisa que podemos fazer. E me desculpe, porque significará uma perturbação e tanto na sua vida e será tão difícil para você... Mas você é jovem. Vai se adaptar. Eu sei que vai.

Cassie sentiu uma pontada de pânico.

— Mãe, está tudo bem — disse rapidamente. — Você fica aqui e faz o que precisa. Eu posso me preparar para a escola sozinha. Será fácil; Beth e a Sra. Freeman vão me ajudar... — A mãe de Cassie balançava a cabeça e de repente Cassie sentiu que precisava continuar, falar tudo num turbilhão de palavras: — Não preciso de muitas roupas novas para a escola...

— Cassie, eu lamento tanto. Preciso que procure compreender, meu amor, e seja adulta. Sei que vai sentir falta dos seus amigos. Mas nós duas precisamos nos esforçar para extrair o melhor de tudo isso. — Os olhos da mãe estavam fixos na janela, como se não suportasse olhar para Cassie.

Cassie ficou imóvel.

— Mãe, o que está tentando me dizer?

— Estou dizendo que não vamos para casa, ou pelo menos não voltaremos a Reseda. Vamos para a *minha* casa, vamos nos mudar para a casa da sua avó. Ela precisa de nós. Vamos ficar aqui.

Cassie não sentiu nada além de um atordoamento. Só conseguiu dizer estupidamente, como se isto importasse:

— Onde é "aqui"? Onde a vovó mora?

Pela primeira vez a mãe desviou os olhos da janela. Eles pareciam maiores e mais escuros do que Cassie jamais vira.

— New Salem — disse ela em voz baixa. — A cidade se chama New Salem.

Horas depois, Cassie ainda estava sentada próxima à janela, olhando o vazio. Seus pensamentos corriam em círculos impotentes e inúteis.

Ficar aqui... Ficar em New England...

Um choque elétrico a percorreu. *Ele. Eu sabia que o veria de novo,* algo dentro dela proclamava, e era feliz. Mas era só uma voz, e havia muitas outras falando ao mesmo tempo.

Ficar. Não ir para casa. E que diferença faz se o cara está em algum lugar daqui de Massachusetts? Você não sabe o nome dele, nem onde ele mora. Nunca vai reencontrá-lo.

Mas há uma chance, pensou ela, desesperada. E a voz dentro dela, que vinha mais lá do fundo, aquela que antes ficou feliz, sussurrou: *Mais do que uma chance. É seu destino.*

Destino!, zombaram as outras vozes. Não seja ridícula! É seu destino passar seu penúltimo ano do ensino médio em New England. E só. Onde você não conhece ninguém. Onde ficará sozinha.

Sozinha, sozinha, sozinha, concordaram todas as outras vozes.

A voz no fundo foi abafada e desapareceu. Cassie sentiu qualquer esperança de rever o ruivo lhe escapar. Só o que restou foi o desespero.

Eu nem mesmo me despedi dos meus amigos na Califórnia, pensou ela. Cassie implorou à mãe pela chance de voltar, apenas para se despedir. Mas a Sra. Blake disse que não tinham dinheiro nem tempo. As passagens aéreas seriam reembolsadas. Todas as coisas das duas seriam enviadas à casa da avó de Cassie por uma amiga da mãe.

— Se você voltar — disse a mãe com gentileza —, se sentirá pior somente por ir embora de novo. Assim pelo menos será uma separação menos dolorosa. E você poderá ver seus amigos no verão.

No verão? O próximo verão só chegaria dali a cem anos. Cassie pensou nos amigos: a bem-humorada Beth e o tranquilo Clover, e Miriam, a inteligente da turma. Coloque ao lado deles a sonhadora e tímida Cassie e o grupo está formado. Talvez eles não fossem descolados, mas se divertiam e estavam juntos desde o ensino fundamental. Como se arranjaria sem eles até o próximo verão?

Mas a voz da mãe foi tão meiga e distraída, e os olhos percorreram o quarto de um jeito tão vago e preocupado que Cassie não teve coragem de dar o ataque de birra que teria preferido.

Na realidade, por um instante Cassie queria ir até a mãe, abraçá-la e dizer que tudo ficaria bem. Mas não conseguiu. O carvão pequeno e quente de ressentimento que ardia em seu peito não permitiu. No entanto, por mais preocupada que a mãe estivesse, não tinha de enfrentar a perspectiva de ir para uma escola nova e estranha num estado a 5 mil quilômetros do lugar ao qual pertencia.

Mas Cassie tinha. Corredores novos, armários novos, salas de aula novas, carteiras novas, pensou ela. Caras novas em vez dos amigos que conhecia desde o fundamental. Ah, isso não podia ser verdade.

Cassie não gritou com a mãe, mas também não a abraçou. Ficou apenas sentada em silêncio, virada para a janela, e ali permaneceu, enquanto a luz sumia aos poucos e o céu primeiro adquiria um tom rosa-salmão, depois violeta, em seguida preto.

Passou-se muito tempo até ela ir dormir. E só então percebeu que tinha se esquecido completamente da pedra da sorte de calcedônia. Cassie estendeu a mão e a pegou na mesa de cabeceira, colocando-a embaixo do travesseiro.

* * *

Enquanto Cassie e a mãe colocavam a bagagem no carro alugado, Portia parou para falar com elas.

— Vão para casa? — começou.

Cassie deu um último apertão na bolsa de viagem na mala do carro. Tinha acabado de perceber que não queria que Portia descobrisse que ficaria em New England. Não suportaria que Portia soubesse de sua infelicidade; seria dar a Portia um triunfo sobre ela.

Quando levantou a cabeça, teve de se esforçar ao máximo para abrir um sorriso simpático.

— Vamos — disse ela, e lançou um rápido olhar para onde a mãe se curvava, à porta do motorista, arrumando as coisas no banco de trás.

— Pensei que iam ficar até o fim da semana que vem.

— Mudamos de ideia. — Ela olhou nos olhos castanhos de Portia e ficou assustada com a frieza que viu ali. — Não que eu não tenha me divertido. Foi legal — acrescentou Cassie, apressada e de forma tola.

Portia tirou os cabelos loiros cor de palha da testa.

— Talvez seja melhor ficar longe do Oeste de agora em diante — disse ela. — Por aqui, não gostamos de mentirosos.

Cassie abriu a boca e a fechou, com o rosto em brasa. Então eles sabiam sobre sua fraude na praia. Agora era a hora certa de dizer a Portia uma daquelas frases espirituosas arrasadoras em que pensava à noite — e, é claro, ela não conseguiu invocar uma palavra que fosse. Cassie cerrou os lábios.

— Boa viagem — concluiu Portia e, com um último olhar gélido, partiu.

— Portia! — O estômago de Cassie tinha um nó de tensão, constrangimento e raiva, mas ela não podia deixar essa chance escapar. — Antes de eu ir embora, pode me dizer uma coisa?

— O que é?

— Agora não faz nenhuma diferença... E eu só queria saber... Só estava me perguntando... se você sabe o nome dele.

— O nome de quem?

Cassie sentiu uma nova onda de sangue esquentar seu rosto, mas continuou obstinadamente.

— O nome *dele*. Do cara ruivo. Aquele da praia.

Os olhos castanhos nem oscilaram. Continuaram encarando os de Cassie, as pupilas contraídas formando pontinhos cruéis. Olhando naqueles olhos, Cassie sabia que não havia esperanças.

E tinha razão.

— O cara ruivo da praia? — repetiu Portia distinta e inexpressivamente, depois se virou de novo e foi embora. Desta vez, Cassie a deixou ir.

Verde. Foi o que Cassie percebeu na estrada norte de Cape. Havia uma *floresta* crescendo dos dois lados da rodovia. Na Califórnia, era preciso ir a um parque nacional para ver árvores dessa altura...

— São bordos-açucareiros — disse a mãe com um ânimo forçado enquanto Cassie virava a cabeça de leve para seguir um grupo de árvores particularmente belas. — E aquelas mais baixas são bordos-vermelhos. Vão ficar vermelhas no outono... De um vermelho vivo, lindo, da cor do pôr do sol. Espere só para ver.

Cassie não respondeu. Não queria ver as árvores no outono porque não queria *estar* ali.

Elas passaram por Boston e subiram a costa — o *litoral norte*, pensou Cassie, corrigindo-se forçosamente —, e Cassie viu passarem cidadezinhas curiosas, embarcadouros e praias rochosas. Desconfiava de que estavam pegando a estrada panorâmica e sentiu o ressentimento ferver no peito. Por que não podiam chegar logo e acabar com isso?

— Não tem um caminho mais rápido? — disse ela, abrindo o porta-luvas e pegando um mapa fornecido pela locadora junto com o carro. — Por que não pegamos a Rodovia 1? Ou a Interestadual 95?

A mãe não tirava os olhos da estrada.

— Faz muito tempo que não dirijo por aqui, Cassie. Este é o caminho que eu conheço.

— Mas se você entrar aqui em Salem... — Cassie viu a saída passar. — Tudo bem, não dá — disse ela. De todos os lugares em Massachusetts, Salem era o único no qual ela podia pensar em querer ver. A história macabra do lugar atraía o estado de espírito atual de Cassie. — Não foi lá que queimaram as bruxas? — continuou. — New Salem foi batizada com esse nome por isso? Queimaram bruxas por lá também?

— Não queimaram ninguém; eles as enforcaram. E não eram bruxas. Só gente inocente que por acaso não agradava aos vizinhos — a voz da mãe parecia cansada, mas paciente.

— E Salem era um nome comum na época da colônia; vem de "Jerusalém".

O mapa ficou embaçado aos olhos de Cassie.
— Mas onde essa cidade *fica*, afinal? Nem está listada — disse ela.

Houve um breve silêncio antes de a mãe responder.
— É uma cidade pequena; não costuma aparecer nos mapas. Mas, a bem da verdade, fica numa ilha.
— Numa *ilha*?
— Não se preocupe. Tem uma ponte para atravessar o mar.

Mas Cassie só conseguia pensar naquilo: uma *ilha*. Vou morar numa ilha. Numa cidade que nem está no mapa.

A estrada não tinha placas. A Sra. Blake fez a curva e o carro atravessou a ponte, e agora estavam na ilha. Cassie esperava que fosse minúscula e seu espírito deu uma levantada quando viu que não era. Havia lojas comuns, não só para turistas, espremidas no que devia ser o centro da cidade. Havia uma Dunkin' Donuts e uma International House of Pancakes com uma faixa anunciando GRANDE INAUGURAÇÃO. Na frente tinha alguém vestido de panqueca gigante, dançando.

Cassie sentiu o nó no estômago se afrouxar. Uma cidade com uma panqueca dançante não podia ser de todo ruim, podia?

Mas então a mãe pegou uma ladeira cada vez mais solitária à medida que o centro ficava para trás.

Deviam estar seguindo para o extremo de um pontal, pelo que Cassie percebeu. Podia ver o sol brilhando vermelho nas janelas em um grupo de casas no alto de uma escarpa. Ela as viu chegarem mais perto, no início com inquietação, depois ansiosa, por fim com um pavor de dar náuseas.

Porque as casas eram *velhas*. Terrivelmente velhas, não só singulares ou elegantemente antigas, mas *antiquíssimas*. E embora algumas estivessem em bom estado, outras davam a impressão de que a qualquer hora podiam ruir num estrondo de madeira lascada.

Por favor, que seja aquela, pensou Cassie, fixando os olhos numa casa amarela e bonita com várias torres e janelas enormes. Mas a mãe passou por ela sem reduzir. E também pela seguinte, e por outra.

E então só restava uma casa, a última da escarpa, e o carro ia para lá. Deprimida, Cassie olhou enquanto se aproximavam. Tinha a forma de um T invertido, com uma ala dando para a rua e outra se projetando reta para os fundos. Ao contornarem a lateral, Cassie viu que a ala de trás não era nada parecida com a da frente. Tinha um telhado inclinado e íngreme, e janelas pequenas e irregularmente dispostas, feitas de painéis minúsculos de vidro em forma de diamantes. Nem mesmo era pintada, apenas coberta por tábuas cinzentas de madeira desgastadas pelo tempo.

A ala da frente tinha sido pintada... um dia. Agora o que restava descascava em tiras. As duas chaminés pareciam estar caindo aos pedaços e instáveis, e todo o telhado de ardósia parecia arriar. As janelas da frente eram dispostas em intervalos regulares, mas a maioria dava a impressão de que não era lavada havia séculos.

Cassie olhou, muda. Nunca vira uma casa mais deprimente na vida. Não *podia* ser esta.

— Bom — disse a mãe, naquele tom forçado de animação, enquanto elas pegavam uma entrada de cascalho —, aqui estamos, onde eu cresci. Chegamos em casa.

Cassie não conseguia falar. A bolha de horror e fúria e ressentimento dentro dela aumentava cada vez mais, até que ela achou que fosse explodir.

4

A mãe ainda falava naquele tom de falso ânimo, mas Cassie só conseguia ouvir fragmentos do que ela dizia.

— ... ala original pré-revolução mesmo, um andar e meio... A ala da frente é georgiana pós-revolução...

E continuava. Cassie abriu a porta do carro, enfim com uma visão desimpedida da casa. Quanto mais via, pior ficava.

A mãe dizia alguma coisa sobre uma bandeira acima da porta da frente com a voz acelerada e sem fôlego.

— ... retangular, não como as claraboias em arco que vieram depois...

— Eu odiei! — gritou Cassie, interrompendo, a voz alta demais no ar silencioso, sobressaltada de tão alta. Ela não se referia à bandeira de janela, o que quer que fosse isso. — Odiei! — gritou ela de novo impetuosamente.

A mãe fez silêncio atrás dela, mas Cassie não se virou para olhar; encarava a casa, com suas filas de janelas sujas, as calhas arriadas, aquela massa monstruosa, achatada e horrível.

— É a coisa mais feia que vi na vida, e eu odiei. Quero ir para casa. Quero ir para casa! — Cassie tremia.

Ela se virou, vendo a cara branca e os olhos assustados da mãe, e explodiu em lágrimas.

— Ah, Cassie. — A Sra. Blake lhe estendeu a mão pelo teto de vinil do carro. — Cassie, querida. — Havia lágrimas em seus próprios olhos e quando a mãe olhou a casa, Cassie ficou espantada com sua expressão. Era um olhar de ódio e medo tão grande quanto qualquer coisa que Cassie sentisse.

— Cassie, meu amor, me escute — disse ela. — Se não quiser mesmo ficar...

Ela parou. Cassie ainda chorava, mas ouviu um ruído atrás. Virando-se, viu que a porta da casa se abrira. Uma velha de cabelo grisalho estava parada na soleira, recurvada sobre uma bengala.

Cassie se virou.

— Mãe? — disse ela, suplicante.

Mas a mãe olhava a porta. E aos poucos uma feição de apatia e resignação tomou conta dela. Quando se virou para Cassie, o tom de falso ânimo tinha voltado a sua voz.

— Aquela é a sua avó, querida. Não vamos deixá-la esperando.

— Mãe... — Cassie sussurrou. Era uma súplica desesperada. Mas o olhar da mãe havia ficado indiferente e obscuro.

— Vamos, Cassie — disse ela.

Cassie teve a ideia louca de se atirar para dentro do carro, trancar-se ali até que alguém viesse em seu resgate. Mas depois a mesma exaustão que caiu sobre a mãe pareceu envolvê-la. Elas estavam ali. Não havia nada a fazer a respeito disso. Ela fechou a porta do carro e seguiu a mãe em silêncio para a casa.

A mulher parada à porta era uma anciã. Velha o bastante para ser sua bisavó, pelo menos. Cassie tentou detectar alguma semelhança com a mãe, mas não conseguiu.

— Cassie, esta é sua avó Howard.

Cassie conseguiu murmurar alguma coisa. A velha de bengala avançou um passo, fixando os olhos fundos no rosto de Cassie. Nesse instante um pensamento bizarro apareceu na mente de Cassie: *ela vai me colocar no forno*. Mas depois sentiu os braços em volta de seu corpo, um abraço surpreendentemente firme. De um jeito mecânico, Cassie levantou os próprios braços, em resposta.

A avó recuou para olhá-la.

— Cassie! Finalmente. Depois de todos esses anos. — Para piorar, ela encarava Cassie com o que parecia um misto de intensa preocupação e esperança ansiosa. — Finalmente — sussurrou ela de novo, como se falasse consigo mesma.

— É bom vê-la, mãe — disse a Sra. Blake, em voz baixa e formal, e os olhos idosos e intensos se desviaram de Cassie.

— Alexandra. Ah, minha querida, já faz tanto tempo. — As duas se abraçaram, mas permanecia entre elas uma tensão indefinível.

— Mas estamos todas paradas aqui fora. Entrem, entrem, as duas — disse a avó, enxugando os olhos. — Receio que o velho lugar esteja bem maltratado, mas reservei os melhores quartos para vocês. Vamos levar Cassie ao dela.

Sob a luz avermelhada do poente, o interior parecia cavernoso e escuro. E tudo era maltratado, do estofamento gasto nas poltronas ao tapete oriental desbotado no piso de tábuas de pinho.

Elas subiram um lance de escada — devagar, com a avó de Cassie apoiando-se no corrimão — e pegaram um longo corredor. As tábuas rangiam sob os tênis de Cassie e as luminárias no alto das paredes vacilavam de um modo inquietante à passagem das três. *Uma de nós devia estar segurando um candelabro*, pensou Cassie. A qualquer minuto ela esperava ver Tropeço ou o Primo It descendo o corredor na direção delas.

— Essas luminárias... A instalação elétrica é do seu avô — a avó se desculpou. — Ele insistia em fazer muita coisa sozinho. Este é seu quarto, Cassie. Espero que goste de rosa.

Cassie sentiu os olhos se arregalarem enquanto a avó abria a porta. Parecia um quarto em exposição num museu. Havia uma cama com dossel e cortinas caindo em cascata do alto, tudo feito do mesmo tecido rosa antigo e florido. Havia cadeiras estofadas de espaldar alto e entalhado no mesmo rosa-damasco. Numa lareira com um consolo alto ficava um candelabro de estanho e um relógio de porcelana, e havia várias móveis imensos, que brilhavam intensamente. A coisa toda era bonita, mas tão grandiosa...

— Pode guardar suas roupas aqui... Esta arca é de mogno maciço — dizia a avó de Cassie. — O estilo é chamado *bombé* e foi feita aqui em Massachusetts... A única região em todas as colônias que produzia isso.

As colônias?, pensou Cassie, confusa, olhando a tampa arredondada e decorativa da arca.

— E esta é sua penteadeira e seu guarda-roupa... Já olhou pelas janelas? Pensei que podia ficar com um quarto no canto porque é possível ver o sul e o leste.

Cassie olhou. Por uma janela, via a estrada. A outra dava para o mar. Só que agora era de um cinza-chumbo triste sob o céu que escurecia, combinando exatamente com seu estado de espírito.

— Deixarei você se acomodar — disse a avó de Cassie. — Alexandra, eu reservei o quarto verde para você, na outra ponta do corredor...

A mãe de Cassie deu um aperto rápido e quase tímido no ombro da filha. E Cassie ficou sozinha. Sozinha com a mobília imensa e avermelhada, a lareira fria e as cortinas pesadas. Ela se sentou com cuidado numa cadeira porque ficou com medo da cama.

Cassie pensou no quarto de sua casa, com a mobília branca de aglomerado, os pôsteres do *Fantasma da ópera* e o novo CD player que comprou com o dinheiro do trabalho como babá. Ela tinha pintado a estante de azul-claro para exibir a coleção de unicórnios. Colecionava cada tipo de unicórnio que existia — de pelúcia, de vidro soprado, cerâmica, estanho. Na Califórnia, Clover tinha dito uma vez que Cassie era como um unicórnio: olhos azuis, tímida e diferente de todo mundo. Tudo isso agora parecia pertencer a uma vida anterior.

Ela não sabia quanto tempo ficou sentada ali, mas algum momento depois encontrou o pedaço de calcedônia na mão. Devia ter tirado do bolso e agora estava agarrada a ele.

Se um dia estiver com problemas ou em perigo, pensou ela, e uma onda de anseio a tomou. Foi seguida por uma onda de fúria. Não seja idiota, disse Cassie incisivamente a si mesma. Você não está em perigo. E nenhuma *pedra* vai te ajudar. Ela teve o impulso de jogá-la longe, mas apenas a passou no rosto, sentindo a maciez fria e irregular dos cristais. Fez com que se lembrasse do toque dele — como foi gentil, como havia tocado sua alma. Audaciosa, ela passou o cristal nos lábios e sentiu um palpitar repentino em todos os pontos da pele em que ele tocou. A mão que ele segurou — ela ainda sentia seus dedos marcados em sua palma. O pulso — ela sentia o leve roçar das pontas frias dos dedos eriçando os pelos dali. E no dorso da mão... Ela fechou os olhos e sua respiração ficou presa ao se lembrar daquele beijo. Como seria, ela se perguntou, se os lábios dele tivessem tocado onde o cristal tocava agora? Ela deixou a cabeça tombar para trás, levando a pedra fria dos lábios ao pescoço, fazendo-a pousar na cavidade onde batia sua pulsação. Quase podia senti-lo beijando-a, como nenhum garoto fizera; quase imaginava que os lábios dele realmente estavam ali. Você eu deixaria, pensou ela, embora não deixasse mais ninguém fazer isso... Eu confiaria em você...

Mas ele a abandonou. De repente, com um choque, ela se lembrou disso. Ele a abandonou e desapareceu, como o outro homem mais importante da vida de Cassie.

Cassie raramente pensava no pai. Não se permitia. Ele foi embora quando ela era uma garotinha, abandonou-a com a mãe para que se virassem sozinhas. A mãe de Cassie disse às pessoas que ele havia morrido, mas para Cassie ela confessou a verdade: ele simplesmente foi embora. Talvez a essa altura estivesse morto, ou talvez estivesse em algum lugar, com outra família, outra filha. Ela e a mãe jamais saberiam. E embora a mãe nunca falasse nele a menos que alguém perguntasse, Cassie sabia que ele tinha quebrado o coração dela.

Os homens sempre vão embora, pensou Cassie, com a garganta doendo. Os dois me abandonaram. E agora estou sozinha... Aqui. Se eu tivesse com quem conversar... Uma irmã, alguém...

Ainda de olhos fechados, ela largou a mão com o cristal e deixou que ela caísse em seu colo. Estava tão exaurida de emoções que nem conseguiu se levantar e ir para a cama. Simplesmente ficou sentada ali, tomada pela escuridão solitária até que sua respiração se acalmou e ela adormeceu.

Naquela noite Cassie teve um sonho — ou talvez não fosse um sonho. Sonhou que a mãe e a avó entravam no quarto, sem fazer ruído algum, quase deslizando pelo chão. No sonho ela estava ciente da presença das duas, mas não conseguia se mexer enquanto elas a erguiam da cadeira, despiam-na e a colocavam na cama. Depois ficaram junto da cama, olhando-a. Os olhos da mãe eram estranhos, escuros e insondáveis.

"A pequena Cassie", disse a avó com um suspiro. "Enfim. Mas é uma pena..."

"Shhhh!", disse a mãe incisivamente. "Ela vai acordar."

A avó suspirou de novo.

"Mas você entende que este é o único jeito..."

"Sim", disse sua mãe com a voz vazia e resignada. "Entendo que não se pode escapar do próprio destino. Eu não devia ter tentado."

Foi exatamente o que eu pensei, Cassie percebeu enquanto o sonho esmaecia. Não se pode escapar do destino. Vagamente, ela via a mãe e a avó indo para a porta e podia ouvir os sussurros de suas vozes. Não distinguiu nenhuma palavra, porém, até que lhe chegou um ruído.

"... *sacrifício*..."

Ela não sabia qual das duas mulheres tinha dito isso, mas ecoou sem parar em sua mente. Mesmo enquanto a escuridão a cobria, ela continuava ouvindo. *Sacrifício... Sacrifício... Sacrifício...*

Era de manhã. Ela estava deitada na cama com dossel, e o sol se espalhava pela janela leste. Fazia com que o quarto rosa parecesse uma pétala de flor erguida à luz. Cálido e brilhante. Em algum lugar lá fora, um passarinho cantava.

Cassie se sentou. Tinha uma lembrança confusa de algum sonho, mas era obscuro e vago. Seu nariz estava inchado — provavelmente de chorar —, e ela se sentia meio tonta, mas não mal. Como nos sentimos depois de ficarmos muito doentes ou muito aborrecidos, depois de um sono profundo e reparador: estranhamente avoados e tranquilos. A bonança depois da tempestade.

Ela se vestiu. Quando estava prestes a sair do quarto, percebeu a pedra da sorte de calcedônia no chão e a colocou no bolso.

Ninguém mais parecia estar acordado. Mesmo à luz do dia, o corredor comprido era escuro e frio, iluminado apenas pelas janelas nas extremidades. Cassie se viu tremendo ao descer o corredor, e as lâmpadas fracas da parede tremeluziram como se fossem solidárias a ela.

Estava mais claro no primeiro andar. Mas havia tantos cômodos que ela se perdeu rapidamente quando tentou explorar. Por fim, terminou no hall da frente e decidiu sair.

Nem pensava no motivo — imaginou que quisesse ver o bairro. Seus passos a levaram pela estrada rural longa e estreita, passando por casa após casa. Era tão sinistro, não havia mais ninguém ali fora. Por fim, acabou chegando à casa amarela e bonita das torres.

No alto de uma torre, a janela cintilava.

Cassie a olhava, perguntando-se por que, quando percebeu movimento numa janela do térreo, muito mais próxima dela. Era uma biblioteca ou estúdio e dentro havia uma menina. Era alta e magra, com uma cascata incrivelmente longa de cabelos que cobriam o rosto enquanto ela se curvava sobre alguma coisa na mesa de frente para a janela. Aquele cabelo — Cassie não conseguia tirar os olhos dele. Era como uma teia de luar e luz do sol... e era natural. Sem raízes escuras. Cassie nunca viu nada tão bonito.

Elas estavam tão próximas — Cassie bem atrás da cerca viva bem-cuidada, do lado de fora da janela, e a menina do lado de dentro, de frente para ela, mas de cabeça baixa. Cassie observou, fascinada, o que a menina fazia na mesa. As mãos da garota moviam-se com elegância, moendo alguma coisa com um pilão. Temperos? O que quer que fosse, os movimentos eram rápidos e hábeis, e as mãos, magras e bonitas.

E Cassie teve uma sensação muito estranha... Se a menina olhasse *para cima*, pensou ela. Se só olhasse para fora de sua janela. Depois que olhasse, então... Alguma coisa aconteceria. Cassie não sabia o que, mas sua pele se arrepiara toda. Ela teve uma sensação de conexão, de... *parentesco*. Se a menina ao menos levantasse a cabeça...

Grite. Jogue uma pedra na janela. Cassie realmente procurava uma pedra quando viu movimento de novo. A menina de cabelo brilhante se virava, como se respondesse a alguém que a chamava dentro da casa. Cassie viu de relance um rosto bonito e vivaz — mas apenas pelo mais breve instante. Depois a menina se virou e saiu às pressas, o cabelo voando como seda às costas.

Cassie soltou a respiração.

Teria sido idiotice mesmo, disse ela para dentro ao voltar para casa. Que bela maneira de se apresentar aos vizinhos — jogando pedra neles. Mas a sensação de frustração esmagadora continuava. De algum modo, sentiu que não teria outra chance — jamais criaria coragem para se apresentar a essa menina. Qualquer um com tanta beleza sem dúvida tinha muitos amigos. Certamente andava com uma turma muito além do círculo social de Cassie.

A casa térrea e quadrada da avó parecia ainda pior depois daquela vitoriana e ensolarada. Desolada, Cassie vagou até o penhasco, para olhar o mar.

Azul. Uma cor tão intensa que ela nem sabia descrever. Olhou a água banhando uma pedra escura e teve uma palpitação estranha. O vento soprou seu cabelo para trás, e ela viu o sol da manhã cintilando nas ondas. Sentiu... um parentesco de novo. Como se algo falasse a seu sangue, a algo dentro dela. O que *havia* neste lugar — naquela garota? Ela sentiu que quase podia compreender...

— Cassie!

Sobressaltada, Cassie olhou em volta. A avó a chamava da porta da ala antiga da casa.

— Está tudo bem? Pelo amor de Deus, saia da beira!

Cassie olhou para baixo e imediatamente sentiu a vertigem. Os dedos dos pés estavam quase para fora do penhasco.

— Nem percebi que estava tão perto — disse, recuando.

A avó a olhou, depois assentiu.

— Bom, agora entre e vou lhe preparar o café da manhã — continuou. — Gosta de panqueca?

Com certa timidez, Cassie assentiu. Teve uma vaga lembrança de um sonho que a deixara pouco à vontade, mas não havia dúvida de que se sentia melhor esta manhã do que na véspera. Seguiu a avó pela porta, que era muito mais grossa e pesada que uma porta moderna.

— A porta da frente da casa original — explicou a avó. Hoje ela não parecia ter muitos problemas com a perna, pelo que Cassie percebeu. — Estranho que leve diretamente à cozinha, não acha? Mas era como faziam as coisas naquele tempo. Por que não se senta enquanto preparo as panquecas?

Mas Cassie olhava, impressionada. A cozinha não era parecida com nenhuma outra que vira na vida. Havia um fogão a gás e uma geladeira — até um micro-ondas no fundo de uma bancada de madeira —, mas o resto parecia ter saído de um set de filmagem. Dominando o aposento havia uma lareira aberta e ampla, grande como um closet e, embora agora não houvesse fogo, a camada mais grossa de cinzas no fundo indicava que às vezes era usada. Dentro dela, uma panela de ferro pendia de uma trave de ferro. Acima da lareira havia ramos de flores e plantas secas que emanavam uma fragrância agradável.

E quanto à mulher na frente do fogão...

As avós deviam ter um tom rosado e ser acolhedoras, com colo macio e grandes contas bancárias. Esta mulher era recurvada e bruta, de cabelo grisalho e uma verruga proeminente no rosto. Cassie de certo modo esperava que ela fosse até a panela de ferro e enquanto mexesse murmurasse, "Abracadabra, pé de cabra...".

Logo depois de pensar nisso, ela se envergonhou. Esta era a sua *avó*, lembrou a si mesma, furiosa. A única parente viva além de sua mãe. Ela não tinha culpa de ser velha e feia. Então não fique só sentada aqui. Diga alguma coisa gentil.

— Ah, obrigada — disse ela, enquanto a avó colocava um prato de panquecas quentinhas na sua frente. E acrescentou: — É... são flores secas no alto da lareira? O cheiro é bom.

— Lavanda e hissopo — disse a avó. — Quando terminar de comer, vou te mostrar meu jardim. Se você quiser, claro.

— Eu adoraria — disse Cassie, com sinceridade.

Mas quando a avó a levou para fora depois de ela acabar de comer, o cenário era muito diferente do que Cassie esperava. Havia *algumas* flores, mas na maior parte o "jardim" só parecia ter mato e arbustos — um após o outro sem poda, largados.

— Ah... Que legal — disse Cassie. Talvez a velha fosse mesmo senil. — Que plantas... incomuns.

A avó lhe lançou um olhar divertido e sensato.

— São ervas medicinais — disse ela. — Esta é erva-cidreira. Cheire.

Cassie pegou a folha em formato de coração, enrugada como uma folha de hortelã mas um pouco maior, e cheirou. Tinha o aroma de limão recém-descascado.

— Isso é *muito* legal — disse ela, surpresa.

— E esta é azedinha... Prove.

Cassie pegou a folha redonda e pequena com cuidado e mordiscou a ponta. O gosto era apimentado e refrescante.

— É gostoso... Parece capim-amargoso! — disse ela, olhando para a avó, que sorria. — E estas aqui? — disse Cassie, mordiscando de novo enquanto apontava para uns botões amarelos de flores.

— Isto é tasneira. As que parecem margaridas brancas são matricária. As folhas de matricária ficam boas em saladas.

Cassie estava intrigada.

— E estas? — apontou para umas flores brancas e aveludadas que se entrelaçavam em outros arbustos.

— Madressilva. Deixo aqui porque o cheiro é agradável. As abelhas adoram, as borboletas também. Na primavera, isto aqui fica parecendo a Grand Central Station.

Cassie estendeu a mão para pegar um caule perfumado de botões delicados de flor, depois parou.

— Eu posso... Pensei em levar algumas para o meu quarto. Se não se importa, quero dizer.

— Ah, pelo amor de Deus, pegue quantas quiser. Estão aqui para isso.

Ela não era tão velha nem tão feia, pensou Cassie, pegando ramos de flores aveludadas. Ela só é... diferente. Diferente não quer dizer necessariamente ruim.

— Obrigada... vovó — disse ela enquanto voltavam para a casa. Depois abriu a boca de novo, para perguntar sobre a casa amarela e quem morava ali.

Mas a avó pegava alguma coisa ao lado do micro-ondas.

— Tome, Cassie. Chegou pelo correio para você ontem — e entregou a Cassie dois livretos encapados em cartolina, um vermelho e outro branco.

Manual de Alunos e Pais da New Salem High School, dizia um. O outro, *Programa de Estudos da New Salem High School*.

Ah, meu Deus, pensou Cassie. Escola.

Novos corredores, novos armários, novas salas de aula, novos rostos. Havia uma folha de papel entre os livretos, com *Horário das Aulas* impresso em negrito no alto. E abaixo seu nome, com o endereço da Crowhaven Road, número 12, New Salem.

A avó podia não ser tão ruim como ela pensava; até mesmo a casa podia acabar não sendo tão pavorosa. Mas e a escola? Como iria encarar a escola de New Salem?

5

O suéter de cashmere cinza ou o cardigã Fair Isle azul e branco, esta era a questão. Cassie estava em pé diante do espelho de moldura dourada, segurando primeiro um, depois o outro diante do corpo. O cardigã azul, ela decidiu; azul era sua cor favorita e realçava seus olhos. Os querubins rechonchudos do alto do espelho antiquado pareciam concordar, sorrindo-lhe com aprovação.

Agora que realmente chegou o primeiro dia de aula, Cassie descobriu que estava animada. É claro que também estava nervosa, mas não era o pavor de desespero e impotência que ela esperava sentir. Havia algo de interessante em começar a estudar num lugar novo. Era como recomeçar a vida. Talvez ela adotasse uma nova personalidade. Na Califórnia, seus amigos provavelmente a descreveriam como "legal, mas tímida", ou "divertida, mas meio calada". Mas ninguém ali sabia disso. Talvez este ano ela fosse Cassie, a Extrovertida, ou até Cassie, a Baladeira. Talvez até fosse boa o bastante para a garota do cabelo brilhoso. O coração de Cassie bateu mais rápido ao pensar nisso.

Tudo dependia da primeira impressão. Era essencial que ela tivesse um bom começo. Cassie vestiu o suéter azul e, ansiosa, se olhou no espelho de novo.

Ela queria que pudesse fazer algo diferente com seu cabelo. Era macio e levemente ondulado, com luzes bonitas, mas queria arrumá-lo de um jeito mais dramático. Como a garota daquele anúncio — ela olhou a revista aberta na penteadeira. Comprou especialmente quando foi de carro ao centro na semana anterior para poder ver a moda de volta às aulas. Nunca teria coragem de voltar à casa amarela vitoriana, embora tenha passado por ela lentamente no Volkswagen Golf da avó, na esperança de esbarrar com a menina "por acaso".

Sim, amanhã iria prender o cabelo para trás, como a modelo da propaganda, decidiu Cassie.

Assim que estava prestes a se afastar, algo na página oposta da revista chamou sua atenção. Uma coluna de horóscopo. Seu signo de nascimento, Câncer, parecia olhar para ela. Automaticamente, seus olhos seguiram as palavras abaixo dele.

Aquela insegurança boba a pegou de novo. É hora de pensar positivamente! Se não der certo, lembre-se de que nada dura para sempre. Procure não criar obstáculos em suas relações pessoais este mês. Já tem problemas demais para resolver.

Horóscopos são um monte de bobagem, pensou Cassie, fechando a revista com um baque. A mãe sempre dizia isso, e era verdade. "Aquela insegurança boba" — bastava dizer que alguém se sentiria inseguro para que se sentisse mesmo! Não havia nada de sobrenatural nisso.

Mas se ela não acreditava no sobrenatural, o que aquela pedra da sorte de calcedônia estava fazendo num compartimento da sua mochila? Trincando os dentes, ela tirou a pedra e a colocou na caixa de joias, depois desceu para se despedir.

A escola ficava num impressionante prédio de tijolinhos de três andares. Tão impressionante que depois de Cassie ter estacionado o Golf, quase teve medo de chegar mais perto. Havia vários caminhos estreitos que levavam ao alto da colina, e ela finalmente criou coragem para pegar um deles. No alto, sua garganta se fechou e ela simplesmente olhou.

Meu Deus, parecia uma *faculdade* ou coisa assim. Como um prédio histórico. O bloco de pedra na frente dizia NEW SALEM HIGH SCHOOL, e abaixo havia uma espécie de insígnia com as palavras *Cidade de New Salem, Incorporada em 1693*. Mas a cidade era tão antiga assim? Tinha trezentos *anos*? Em Reseda, os prédios mais antigos existiam talvez há cinquenta anos.

Não sou tímida, disse Cassie a si mesma, obrigando-se a avançar. Eu sou Cassie, a Confiante.

Um ronco incrivelmente alto a fez girar o corpo de repente, e o puro instinto lhe mandou pular para o lado bem a tempo de evitar um atropelamento. Com o coração disparado, ela ficou parada e boquiaberta para o que quase a atingiu. Era uma moto na ciclovia. Mas ainda mais impressionante era o piloto — uma menina. Estava de black jeans apertado e uma jaqueta de motoqueiro, e o corpo em forma e atlético parecia forte. Mas quando ela se virou depois de estacionar a moto perto de um cavalete para bicicletas, Cassie viu que seu rosto parecia arrebatadoramente bonito. Era pequeno e feminino, emoldurado por cachos escuros, estragados apenas por uma expressão emburrada e agressiva.

— Tá olhando o quê? — perguntou a garota de repente.

Cassie se assustou. Ela devia estar olhando mesmo porque a garota avançou um passo, e Cassie se viu recuando.

— Desculpe... Eu não pretendia... — Ela tentou desviar os olhos, mas era difícil. A garota estava com um minúsculo top preto por baixo da jaqueta e Cassie viu o que parecia uma pequena tatuagem pouco acima do tecido. Era uma lua crescente. — Eu sinto muito — disse Cassie novamente, indefesa.

— É melhor sentir mesmo. Larga do meu pé, entendeu?

Foi você que quase *me* atropelou, pensou Cassie. Mas assentiu apressadamente e, para seu grande alívio, a menina foi embora.

Meu Deus, que maneira horrível de começar o primeiro dia de aula, pensou Cassie, correndo para a entrada. Que *pessoa* horrível para ser a primeira com quem eu falo. Bom, pelo menos depois de um começo desses, as coisas só podiam melhorar.

Em volta dela adolescentes se cumprimentavam, gritando oi; as meninas riam e se abraçavam, os meninos faziam brincadeiras grosseiras entre si. Era um tumulto excitado e todos pareciam se conhecer.

Menos Cassie. Ficou parada olhando os cortes de cabelo recentes dos meninos, as roupas novinhas das meninas, percebendo o cheiro de perfume em excesso e loção pós-barba desnecessária, sentindo-se mais sozinha do que nunca na vida.

Continue andando, disse a si mesma com severidade. Não fique por aqui olhando para aquela garota — encontre a sala de sua primeira aula. Talvez você veja alguém sozinho e possa conversar. Você precisa *parecer* extrovertida se quiser que as pessoas a considerem assim.

Sua primeira aula era de redação para publicação, uma disciplina eletiva de inglês, e Cassie ficou feliz por ser esta. Gostava de redação criativa, e o *Programa de Estudos* dizia que o curso daria oportunidade para publicação na revista literária e no jornal da escola. Ela trabalhou no jornal de sua antiga escola; talvez também pudesse trabalhar no dali.

É claro que o *Programa* também dizia que era preciso se matricular na matéria na primavera anterior, e Cassie ainda não entendia como a avó conseguira fazer sua inscrição pouco antes de as aulas começarem. Talvez a avó tivesse influência com a direção ou algo do tipo.

Encontrou a sala sem problemas e sentou-se numa carteira discreta perto do fundo. A sala se enchia e todos pareciam ter com quem conversar. Ninguém deu a mínima para a presença de Cassie.

Ela começou a rabiscar com vontade na frente do caderno, tentando mostrar que estava totalmente envolvida com aquilo, tentando dar a impressão de que não era a única na sala que estava sentada sozinha.

— Você é nova aqui, né?

O menino da frente tinha se virado. Seu sorriso era simpático de verdade, mas também deslumbrante, e ela teve a sensação de que ele sabia exatamente o quanto era deslumbrante. O cabelo era castanho-avermelhado, com cachos, e estava claro que, quando se levantasse, seria muito alto.

— Você é nova — repetiu ele.

— Sim — disse Cassie, furiosa ao ouvir sua voz tremer. Mas o garoto era tão bonito... — Meu nome é Cassie Blake. Acabei de me mudar da Califórnia.

— Eu sou Jeffrey Lovejoy — respondeu ele.

— Ah — disse Cassie, tentando dar a impressão de que ouvira falar dele, pois parecia ser o que ele esperava.

— Armador do time de basquete — disse ele. — E também capitão.

— Ah, que ótimo. — Ah, que *idiotice*. Ela precisava fazer melhor do que isso. Parecia uma idiota. — Quer dizer... Deve ser muito interessante.

— Você se interessa por basquete? A gente pode conversar sobre isso uma hora dessas, talvez. — De repente Cassie ficou muito agradecida. Ele ignorava sua falta de jeito. Tudo bem, então talvez gostasse de ser admirado, mas que diferença isso fazia? Ele era legal e definitivamente melhoraria seu status ser vista no campus com ele.

— Seria ótimo — disse ela, desejando pensar em outro adjetivo. — Talvez... Talvez no almoço...

Uma sombra caiu sobre ela. Ou pelo menos foi o que ela sentiu. De qualquer forma, ela ficou ciente, subitamente, de uma *presença* a seu lado, uma presença que fez sua voz sumir enquanto levantava a cabeça, de olhos arregalados.

Havia uma menina parada ali, a menina mais incrível que Cassie já tinha visto na vida. Uma garota grande, bonita, ao mesmo tempo alta e voluptuosa. Tinha cabelos pretos como breu e a pele clara trazia um brilho de confiança e poder.

— Oi, Jeffrey — disse ela. Sua voz era grave para uma menina; vibrante e quase rouca.

— Faye. — Pelo tom de voz de Jeffrey, ao contrário, dava para perceber que ele não estava nada entusiasmado. Parecia tenso. — Oi.

A garota se curvou para ele, com a mão nas costas de sua cadeira, e Cassie captou o cheiro de um perfume inebriante. — Não te vi muito nas férias de verão — disse ela. — Onde esteve?

— Por aí — disse Jeffrey, alegre. Mas seu sorriso era forçado e todo o corpo agora parecia tenso.

— Não devia se esconder desse jeito. Safadinho. — Faye se curvou para mais perto ainda. Ela estava com uma camisa que deixava os ombros de fora — completamente de fora, dos dois lados. Deixava muita pele à vista, bem na cara de Jeffrey. Mas era seu rosto que Cassie não conseguia deixar de olhar. Tinha uma boca ao mesmo tempo sensual e enfastiada, e olhos de uma cor de mel extraordinária. Quase pareciam brilhar com uma estranha luz dourada. — Sabe de uma coisa, tem um filme de terror novo passando no Capri esta semana — disse ela. — Eu gosto de filmes de terror, Jeffrey.

— Para mim, tanto faz — disse Jeffrey.

Faye riu, mas era um som perturbador.

— De repente você ainda não viu com a garota certa — murmurou ela. — Nas circunstâncias certas, esses filmes podem ser muito... estimulantes.

Com vergonha, Cassie sentiu o sangue subir ao rosto, mas não sabia por quê. Jeffrey molhou os lábios, parecendo fascinado mesmo a contragosto, mas também com medo. Como um coelho numa armadilha.

— Eu ia levar Sally a Gloucester este fim de semana... — começou ele com a voz tensa.

— Bom, você só precisa dizer a Sally que... aconteceu um imprevisto — disse Faye, sondando-o com os olhos. — Pode me pegar no sábado às 19 horas.

— Faye, eu...

— Ah, e *não* se atrase, tá? Odeio quando os meninos se atrasam.

Em todo esse tempo, a menina de cabelo preto nem olhou para Cassie. Mas agora, enquanto endireitava o corpo para sair, ela olhou. O olhar que direcionou para Cassie era dissimulado e reticente, como se estivesse perfeitamente ciente de que Cassie estivera ouvindo, e ela gostava disso. Depois ela deu as costas a Jeffrey.

— Ah, e a propósito — disse ela, erguendo a mão num gesto lânguido que mostrava suas unhas vermelhas e compridas —, *ela* também é da Crowhaven Road.

Jeffrey ficou de queixo caído. Olhou para Cassie por um momento com uma expressão de choque e aversão, depois rapidamente se virou para a frente da sala. Faye ria ao se afastar para pegar um lugar bem no fundo.

O que está *havendo*?, pensou Cassie, desorientada. Que diferença fazia onde ela morava? A única coisa que podia ver do Jeffrey-do-sorriso-deslumbrante agora eram suas costas rígidas.

Ela não teve mais tempo para pensar, porque o professor estava falando. Ele era um homem de jeito manso, barba grisalha e óculos. Apresentou-se como o Sr. Humphries.

— E como todos vocês tiveram oportunidade de conversar nas férias de verão, agora lhes darei a oportunidade de escrever — disse ele. — Quero que cada um de vocês escreva um poema, agora, espontaneamente. Vamos ler alguns em voz alta depois. O poema pode ser sobre qualquer coisa, mas se não conseguirem pensar num tema, escrevam sobre seus sonhos.

Houve gemidos na sala, que aos poucos caíram no silêncio e no barulho do movimento das canetas. Mas Cassie se curvou sobre o caderno e seu coração batia acelerado. Uma vaga lembrança do sonho da semana passada a invadiu, aquele em que a mãe e a avó ficaram paradas acima dela. Mas ela não queria escrever sobre isso. Queria escrever sobre *ele*.

Depois de alguns minutos, escreveu um verso. Quando o Sr. Humphries anunciou que o tempo havia acabado, Cassie tinha um poema e sentiu um arrepio de empolgação ao ler. Era bom — ou pelo menos assim *ela* pensava.

E se o professor a chamasse para ler em voz alta? Ela não queria isso, é claro, mas e se ele a *obrigasse*, e se outra pessoa na turma achasse bom e quisesse conversar com ela depois? Talvez lhe perguntassem sobre o cara do poema, então ela poderia contar sua história romântica e misteriosa. Talvez conquistasse a reputação de ser meio misteriosa e romântica ela mesma. Talvez a menina da casa vitoriana ouvisse falar dela...

O Sr. Humphries pedia voluntários. Previsivelmente, nenhuma mão se ergueu... Até que apareceu uma no fundo da sala.

O professor hesitou. Cassie virou-se e viu que a mão erguida tinha unhas vermelhas e compridas.

— Faye Chamberlain — disse o Sr. Humphries por fim.

Ele se sentou na beira da mesa enquanto a menina alta e impressionante se colocava ao lado dele, mas Cassie tinha a sensação estranhíssima de que ele sairia dali se pudesse. Uma tensão quase palpável encheu a sala e todos os olhos se voltaram para Faye.

Ela jogou o glorioso cabelo preto para trás e deu de ombros, deixando a blusa a escorregar um pouco mais para baixo. Tombando a cabeça para trás, sorriu lentamente para a turma e levantou uma folha de papel.

— Este é o meu poema — disse ela em sua voz indolente e rouca. — É sobre fogo.

Chocada, Cassie baixou os olhos para o próprio poema na carteira. Então a voz de Faye atraiu sua atenção.

Sonho com o fogo
Línguas de chama que me lambem.
Meu cabelo como um archote arde;
Meu corpo queima por você.
Toque minha pele e seus dedos se prenderão
Você enegrecerá como carvão.
Mas morrerá sorrindo;
Depois também será parte do fogo.

Toda a turma viu, estarrecida, Faye pegar um fósforo e, de algum modo — Cassie não conseguiu ver como —, acendê-lo. Encostou a chama no papel, que pegou fogo. Depois, andando devagar, foi parar bem na frente de Jeffrey Lovejoy, agitando levemente o papel em chamas diante de seus olhos.

Uivos, assobios e batucadas na mesa da plateia. Muitos pareciam ter medo, mas a maioria dos meninos também estava excitada. Algumas meninas davam a impressão de que queriam *elas mesmas* ter coragem de fazer algo assim.

Vozes exclamavam "Viu só, Jeffrey, é o que você ganha por ser tão bonito!", "Vai nessa, cara!", "Cuidado, Jeffrey, a Sally vai saber disso!".

Jeffrey se limitou a ficar sentado ali, com a nuca aos poucos adquirindo um vermelho opaco.

Quando o papel estava prestes a queimar seus dedos, Faye se afastou de Jeffrey e o largou na lixeira de metal perto da mesa do professor. O Sr. Humphries nem se encolheu quando alguma coisa no cesto pegou fogo, e Cassie o admirou por isso.

— Obrigado, Faye — disse ele tranquilamente. — Pessoal, acho que podemos chamar o que acabamos de ver de um exemplo de... poesia concreta. Amanhã vamos estudar alguns métodos mais tradicionais. Turma dispensada.

Faye andou até a porta. Houve uma pequena pausa; depois, como se todos tivessem sido liberados por uma mola, um êxodo súbito e em massa. Jeffrey pegou o caderno e se foi.

Cassie olhou o próprio poema. Fogo. Ela e Faye tinham escrito sobre a mesma coisa...

De repente ela arrancou a folha e, amassando-a numa bola, atirou na mochila. Lá se foram seus sonhos de ser romântica e misteriosa. Com uma garota como *aquela* por perto, quem ia notar a presença de Cassie?

No entanto todos eles pareciam quase ter medo dela, pensou Cassie. Até o professor. Por que ele não a mandou para a detenção ou coisa assim? Ou incendiar lixeiras é uma atitude normal em New Salem?

E por que Jeffrey deixou que ela desse em cima dele daquele jeito? E por que ele ligaria para onde eu *moro*, pelo amor de Deus?

No corredor, ela criou coragem para parar alguém e perguntar onde ficava a sala C310.

— No terceiro andar — disse a garota. — Todas as turmas de matemática ficam lá. Suba essa escada...

— Aí! Cuidado! Atenção, galera! — interrompeu uma voz aos gritos. Alguma coisa disparava pelo corredor, espalhando os alunos para os dois lados. Duas coisas. Assustada, Cassie viu que eram dois meninos de patins, rindo e berrando enquanto atravessavam a multidão. Cassie viu de relance cabelos loiros e despenteados na altura dos ombros e olhos azuis meio oblíquos e quase amendoados de um que passava — depois ela viu as mesmas características no segundo garoto. Os meninos eram idênticos, só que um deles usava uma camiseta do Megadeth e o outro, do Mötley Crüe.

Eles criavam o caos por onde passavam, derrubando os livros dos braços das pessoas e agarrando as roupas das meninas. Ao chegarem ao final do corredor, um deles viu a minissaia de uma ruiva bonita e habilmente a virou para cima da cintura. A menina gritou e largou a mochila para puxar a saia para baixo.

— Por que ninguém faz *nada*? — soltou Cassie. Todo mundo nessa escola era maluco? — Por que ninguém os impede... ou denuncia à direção... ou *qualquer coisa*...

—Tá brincando? Esses são os irmãos Henderson — disse a menina e se afastou, juntando-se a outra garota. Cassie ouviu um fragmento de frase flutuar até ela: "... nem mesmo sabe do Clube...", e as duas meninas olharam para ela, depois saíram.

Que Clube? Essa menina tinha falado como se fosse em maiúscula. O que um clube tinha a ver com infringir as regras da escola? Que tipo de lugar era *esse*?

Outro sinal soou e Cassie percebeu que agora estava atrasada para a aula. Passou a mochila pelo ombro e subiu a escada.

Na hora do almoço, Cassie ainda não tinha conseguido trocar nada mais do que um "oi" ou "olá" com alguém. E ela não vira a menina de cabelo brilhoso em lugar nenhum — o que não a surpreendia, considerando os muitos andares e corredores da escola. Do jeito que estava insegura, Cassie não teria se atrevido a se aproximar da menina, *mesmo* que a tivesse visto. Uma sensação opressiva e infeliz se acomodara em seu estômago.

E uma olhada na cantina envidraçada que fervilhava de alunos aos risos fez seus joelhos fraquejarem.

Ela não conseguia enfrentar aquilo tudo. Simplesmente não tinha coragem.

Cassie abraçou o próprio corpo, afastou-se e continuou andando. Passou direto pela entrada e saiu pela porta. Não sabia aonde ia — talvez fosse para casa. Mas viu a grama verde e exuberante da colina.

Não, decidiu ela; vou comer aqui. Ao descer a colina, na metade do caminho havia várias formações íngremes de rocha natural, e ela descobriu que podia se sentar confortavelmente numa pequena cavidade abaixo de uma delas, abrigada por uma árvore. Ela ficou protegida da escola por uma pedra; era quase como se a escola nem existisse. Via embaixo um lance de escada sinuosa até o pé da colina e a estrada além dela, mas ninguém de cima poderia vê-la.

Ao se sentar, olhando os dentes-de-leão que pontilhavam a relva, a tensão aos poucos a deixou. E daí que a manhã não tivesse sido das melhores? As coisas melhorariam esta tarde. O céu azul-claro parecia lhe dizer isso.

E a pedra às suas costas — o famoso granito vermelho de New England — dava-lhe segurança. Era estranho, mas Cassie parecia ouvir um zumbido na pedra, como um coração tremendamente acelerado. Um zumbido de *vida*. Se eu encostar o rosto nela, o que será que vai acontecer?, pensou com uma agitação curiosa.

Vozes a distraíram. Desanimada, Cassie se ajoelhou para olhar por cima da pedra — e se retesou.

Era aquela menina, Faye. Tinha outras duas com ela, e uma era a motoqueira que quase atropelou Cassie naquela manhã. A outra era uma loira arruivada com uma cintura mínima e os maiores peitos que Cassie já vira numa adolescente. Elas riam e desciam a escada — bem na direção de Cassie.

Vou continuar aqui e cumprimentar, pensou Cassie, mas não fez isso. A lembrança daqueles perturbadores olhos cor de mel ainda a assombrava. Cassie ficou em silêncio e esperou que elas passassem, descessem a colina e saíssem do campus.

Mas elas pararam no platô pouco acima de Cassie, sentando-se com os pés nos degraus de baixo e pegando sacos de papel para almoçar.

Estavam tão perto que Cassie podia ver a pedra vermelha fulgurar no pescoço de Faye. Embora agora estivesse na sombra, as três iriam vê-la se ela se mexesse. Ela estava numa armadilha.

— Alguém nos seguiu, Deborah? — perguntou Faye indolentemente ao mexer na mochila.

A motoqueira bufou.

— Ninguém é tão idiota para tentar.

— Ótimo. Porque isto é ultrassecreto. Não quero que você-sabe-quem ouça nada disso — disse Faye. Ela pegou um bloco de capa vermelha e o colocou no joelho. — Então vamos lá: o que vamos fazer para começar este ano? Acho que tem de ser algo realmente perverso.

6

— Bom, tem o Jeffrey... — disse a loira arruivada.
— Já começou — disse Faye, sorrindo. — Eu trabalho rápido, Suzan.

Suzan riu. Quando fez isso, seu peito extraordinário balançou de tal forma que Cassie teve certeza de que ela não usava nada por baixo do suéter cor de damasco.

— Ainda não vejo sentido em Jeffrey Lovejoy — disse a motoqueira, de cara amarrada.

— Você não vê sentido em garoto nenhum, Deborah; seu problema é esse — disse Suzan.

— E o seu problema é que você não vê sentido em mais nada — retorquiu Deborah. — Mas o Jeffrey é pior que a maioria. Ele tem mais dentes do que células cerebrais.

— Não estou interessada nos dentes dele — disse Faye, pensativa. — Com quem vai começar, Suzan?

— Ah, não sei. É tão difícil decidir. Tem Mark Flemming, Brant Hegerwood, David Downey... Ele é meu colega na turma de recuperação em inglês e ganhou um corpo de matar no verão. E sempre tem o Nick...

Deborah chiou.

— O nosso Nick? A única maneira de ele te olhar é você ter quatro rodas e embreagem.

— E além do mais, ele é comprometido — disse Faye, e seu sorriso lembrou a Cassie um felino selvagem preparando o bote.

— Você acabou de dizer que queria o Jeffrey...

— Os dois têm suas utilidades. Tente entender, Suzan. Nick e eu temos um... acordo. Então desista e escolha um estranho legal, tá bom?

Houve um instante de tensão, depois a loira arruivada deu de ombros.

— Tudo bem, vou ficar com o David Downey. Eu não queria o Nick mesmo. Ele é uma iguana.

Deborah levantou a cabeça.

— Ele é meu primo!

— Ainda é uma iguana. Ele me beijou no baile do segundo ano e foi como beijar um réptil.

— *Dá* para a gente voltar ao que interessa? — disse Faye. — Quem está na lista do ódio?

— Sally Waltman — respondeu Suzan imediatamente. — Ela acha que só porque é representante de turma pode nos desafiar, e se você pegar o Jeffrey, ela vai ficar louca de verdade.

— Sally... — Faye refletiu. — É, precisamos bolar alguma coisa especial para a nossa querida Sally... Qual é o problema, Deborah?

Deborah parecia tensa, olhando a colina na direção da entrada da escola.

— Alerta de invasão — disse ela. — Na verdade, parece uma delegação inteira de invasores.

Cassie também vira, um grupo de meninos e meninas passando pela entrada principal e descendo a colina. Sentiu uma onda de esperança. Talvez, enquanto Faye e as outras duas estivessem ocupadas com o grupo, ela mesma pudesse escapulir sem ser vista. Com o coração acelerado, ela viu o novo grupo se aproximar.

Um garoto de ombros largos na frente, que parecia ser o líder, começou:

— Olha, Faye, a cantina está lotada. Então vamos comer aqui fora... Tá? — Sua voz no início era agressiva, mas vacilou no final, tornando-se mais uma pergunta do que uma declaração.

Faye o olhou sem pressa, depois abriu um sorriso lento e bonito.

— Não — disse ela, rapidamente e com doçura. — Não está. — Depois se virou para seu almoço.

— E por que não? — continuou o garoto, ainda tentando parecer durão. — Você não nos impediu no ano passado.

— No ano passado — disse Faye — éramos só do *terceiro ano*. Este ano somos veteranas... E somos más. O quanto quisermos.

Deborah e Suzan sorriram.

Frustrada, Cassie se remexeu. Até agora não houve um só momento em que as três meninas olhassem para o outro lado. Andem logo, *virem-se*, pensou ela, desesperada.

O grupo de meninos e meninas continuou parado ali por um ou dois minutos, trocando olhares de raiva. Mas por fim se viraram e voltaram para a escola — todos, menos uma.

— Hmmm, Faye? Quer dizer que eu também preciso ir? — disse ela. Era uma menina bonita e corada, e bem novinha. Devia ser do segundo ano, Cassie imaginou. Esperava que ela fosse expulsa como os outros, mas para sua surpresa Faye ergueu as sobrancelhas e deu um tapinha convidativo no platô.

— Que isso, Kori — disse ela —, é claro que pode ficar. Só imaginamos que você preferiria comer na cantina com a Princesa Puritana e os outros santinhos.

Kori se sentou.

— Bondade demais pode ser uma chatice — disse ela.

Faye tombou a cabeça de lado e sorriu.

— E eu que pensava que você era uma pudicazinha boba. Que idiotice a minha — disse ela. — Bem, saiba que sempre será bem-vinda aqui. Você é *quase* uma de nós, não é?

Kori baixou a cabeça.

— Vou fazer 15 anos daqui a duas semanas.

— Viram? — disse Faye às outras. — Ela é quase qualificada. Agora, do que *estávamos* falando mesmo? Daquele novo filme sanguinolento, não era?

— Isso mesmo — disse Deborah de um jeito desafiador. — Aquele em que o cara retalha as pessoas e as transforma em tempero para sua salada.

Suzan abria um Twinkie.

— Ah, Deborah, não. Está me dando enjoo.

— Bom, você é que *me* deixa enjoada com essas coisas — disse Deborah. — Nunca para de comer esses troços. É o que eles são, enjoativos, sabia? — disse ela a Kori, apontando para o peito de Suzan. — Dois Twinkies gigantes. Se o fabricante falisse, ela estaria usando um tamanho P.

Faye deu sua risada sonolenta e gutural, e até Suzan riu. Kori também sorria, mas parecia pouco à vontade.

— Kori! Não estamos deixando você *sem graça*, estamos? — exclamou Faye, arregalando os olhos dourados.

— Que bobagem. Eu não fico sem graça com facilidade — disse Kori.

— Bom, com irmãos como os seus, é de se pensar que não. Ainda assim — continuou Faye — você parece tão nova; quase... virginal. Mas deve ser só impressão, né?

Kori agora estava ficando vermelha. As três veteranas a olhavam com um sorriso insinuante.

— Bom, claro... Quero dizer, é só impressão... Eu não sou assim *tão* nova... — Kori engoliu em seco, meio confusa. — Eu fiquei com Jimmy Clark o verão todo — concluiu ela, na defensiva.

— Por que não conta para a gente? — murmurou Faye. Kori parecia ainda mais confusa.

— Eu... Bom... Acho que é melhor eu ir. Tenho educação física no próximo tempo e preciso andar até a ala leste. A gente se vê. — Ela se levantou rapidamente e desapareceu.

— Que estranho, ela deixou o almoço — observou Faye, franzindo de leve a testa. — Ah, tanto faz. — Ela pegou um pacote de cupcakes do saco de almoço de Kori e os atirou para Suzan, que riu.

Deborah, porém, franziu as sobrancelhas.

— Isso foi idiotice, Faye. Vamos precisar dela mais tarde... Tipo em duas semanas. Nossa vaga, uma candidata, lembra?

— É verdade — disse Faye. — Ah, bom, vou fazer as pazes com ela. Não se preocupe; quando chegar a hora, ela estará do nosso lado.

— Acho que é melhor *nós* irmos também — disse Suzan, e, atrás da pedra, Cassie fechou os olhos de alívio. — Tenho de subir isso tudo até a aula de álgebra no terceiro andar.

— O que pode levar horas — disse Deborah com malícia. — Mas não se apresse ainda. Tem mais companhia chegando.

Faye suspirou, exasperada, sem se virar.

— E quem é *agora*? O que precisamos fazer para ter alguma paz por aqui?

— É a Madame Representante de Turma em pessoa. Sally. E tem *fumaça* saindo por suas orelhas.

A expressão irritada de Faye desapareceu, transformando-se em algo mais bonito e infinitamente mais perigoso. Ainda sentada de costas para a escola, ela sorriu e mexeu os dedos compridos de unhas vermelhas como um gato exercitando as garras.

— E eu que pensei que hoje seria um dia chato — murmurou ela, estalando a língua. — Isso só mostra que nunca se sabe. Então, *oi*, Sally — disse ela em voz alta, levantando-se e se virando num movimento suave. — Que surpresa agradável. Como foi o seu verão?

— Me poupe, Faye — disse a garota que tinha acabado de marchar escada abaixo. Era um palmo mais baixa do que Faye e mais magra, porém os braços e as pernas tinham aparência forte e os punhos estavam cerrados como se ela se preparasse para uma briga. — Não vim até aqui para bater papo.

— Mas não temos uma boa conversa há tanto tempo... Você fez alguma coisa no cabelo? Está tão... interessante.

Cassie olhou o cabelo de Sally. Tinha um aspecto alaranjado e parecia crespo e com excesso de permanente. A menina levou uma das mãos à cabeça numa atitude defensiva e Cassie podia ter rido — se tudo isso não fosse tão horrível.

— Também não vim falar do meu cabelo! — rebateu Sally. Tinha uma voz estridente que ficava mais aguda a cada frase. — Vim falar de Jeffrey. Deixe-o em paz!

Faye sorriu, muito devagar.

— E por quê? — murmurou ela, e a voz de Faye, se comparada com a de Sally, parecia ainda mais grave e mais sensual. — Com medo do que ele vai fazer se você não estiver ali para segurar sua mão?

— Ele não está interessado em você!

— Foi o que ele te falou? Hmmmm. Ele parecia muito interessado hoje de manhã. Vai me pegar no sábado à noite.

— Porque você o *obrigou*.

— Obriguei? Está sugerindo que um grandalhão como Jeffrey não sabe dizer não quando quer? — Faye balançou a cabeça. — E por que ele não está aqui agora, para falar por si mesmo? Vou te dizer uma coisa, Sally — acrescentou ela, a voz ganhando um tom confidencial —, ele não resistiu hoje de manhã. Não resistiu nadinha.

A mão de Sally voou para trás como se quisesse bater na garota maior, mas não fez nada.

— Acha que pode tudo, Faye... Você e o resto do Clube! Quer saber, está na hora de alguém te mostrar que não pode. Há mais de nós... muito mais... e estamos ficando cansados de ser intimidados. Está na hora de alguém resistir.

— É o que você pretende fazer? — disse Faye num tom agradável. Sally andava em círculos como um buldogue procurando uma brecha. Furiosa, a menina terminou na beira do platô, de costas para a escada de descida.

— É! — gritou Sally em desafio.

— Que engraçado — murmurou Faye —, porque vai ser difícil fazer isso depois que cair de costas. — Com essas últimas palavras, ela agitou as unhas compridas e vermelhas na cara de Sally.

Faye nem chegou a tocar na pele de Sally. Cassie, que estivera atenta, esperando loucamente por uma chance de fugir, tinha certeza disso.

Mas foi como se alguma coisa tivesse *mesmo* batido em Sally. Algo invisível. E pesado. Todo o corpo da menina deu um solavanco para trás e ela tentou freneticamente recuperar o equilíbrio na beira do platô. Agitando os braços, ela se balançou por um instante interminável e caiu de costas.

Cassie jamais se lembraria com precisão do que aconteceu depois. Num minuto ela estava atrás da pedra, agachada e segura, no outro tinha se atirado no caminho da menina em queda, jogando-se de lado na relva. Por um segundo Cassie pensou que as duas rolariam colina abaixo, mas não rolaram, e ela nem entendeu como. Terminaram uma sobre a outra, com Cassie por baixo.

— Me solta! Você rasgou minha *blusa* — exclamou uma voz estridente, e um punho duro se chocou contra a barriga de Cassie enquanto Sally se colocava de pé.

Cassie a encarou, boquiaberta. Mas isso que é gratidão...

— E quanto a você, Faye Chamberlain... Você tentou me *matar*! Mas vai ter o que é seu, espere só para ver!

— Eu vou ter o que é seu também, Sally — prometeu Faye, sorrindo, mas a languidez de sua expressão não era mais genuína. Parecia que por baixo ela trincava os dentes.

— Espere só — repetiu Sally com veemência. — Um dia vão encontrar *você* no pé dessa escada, com o pescoço quebrado. — Com essa, ela marchou para o platô e subiu a escada, pisando em cada degrau como se fossem a cara de Faye. Não olhou para trás nem reconheceu a existência de Cassie.

Cassie se levantou devagar e olhou o longo lance de escada sinuosa que levava ao pé da colina. Não podia ter feito outra coisa, percebeu ela. Sally teria tido sorte se não quebrasse nada além do pescoço antes de chegar ao fundo. Mas agora...

Ela se virou para olhar as três veteranas acima dela.

Permaneciam paradas com uma elegância despreocupada e espontânea, mas havia violência por baixo da atitude tranquila. Cassie viu o mesmo na súbita escuridão dos olhos de Deborah e na curva desdenhosa dos lábios de Suzan. Mas acima de tudo, viu aquela violência em Faye.

Ocorreu-lhe, quase por acaso, que estas deviam ser as três meninas mais bonitas que ela vira na vida. Não era só porque cada uma delas tinha a pele perfeita, sem o mais leve vestígio das marcas da adolescência. Nem eram os lindos cabelos: os cachos escuros e desordenados de Deborah, a cabeleira preta como breu de Faye e a nuvem de ouro avermelhado de Suzan. Nem o modo como se destacavam, cada uma delas reforçando o tipo distinto da outra, em vez de ser depreciado por ele. Era algo mais, algo que vinha de dentro. Uma espécie de confiança e autocontrole que nenhuma menina aos 16 ou 17 anos deveria ter. Uma força interior, uma energia. Um *poder*.

Isso a apavorou.

— E agora, o que temos aqui? — disse Faye numa voz gutural. — Uma espiã? Ou um ratinho de laboratório?

Fuja, pensou Cassie. Mas suas pernas não se mexiam.

— Eu a vi esta manhã — disse Deborah. — Ela estava zanzando na frente do cavalete de bicicletas, me encarando.

— Ah, eu a vi antes *disso*, Debby — respondeu Faye. — Na semana passada no número 12. Ela é uma vizinha.

— Quer dizer que *ela é*... — Suzan se interrompeu.

— Sim.

— O que quer que seja, agora ela é carne morta — disse Deborah. Seu rosto delicado estava retorcido numa carranca.

— Não precisamos ter pressa — murmurou Faye. — Até os ratos podem ser úteis. Aliás, há quanto tempo está escondida aqui?

Só havia uma maneira de responder a isso, e Cassie se esforçou para não falar. Não era adequado inventar uma resposta espirituosa e inteligente. E por fim ela desistiu, porque era a verdade e porque não conseguia pensar em outra coisa.

— Tempo suficiente — disse ela e fechou os olhos, angustiada.

Faye desceu devagar para ficar na frente de Cassie.

— Você sempre espiona as conversas particulares dos outros?

— Eu estava aqui antes de vocês chegarem — disse Cassie, com a máxima coragem que conseguia reunir. Se Faye ao menos parasse de *encará-la* daquele jeito. Aqueles olhos cor de mel pareciam emanar uma luz sinistra e sobrenatural.

Estavam fixos em Cassie como um feixe de laser, extinguindo sua vontade, fazendo com que a força lhe escapasse. Era como se Faye quisesse que ela fizesse alguma coisa — ou quisesse alguma coisa *dela*. Deixava Cassie desorientada, desequilibrada e fraca...

Depois ela sentiu uma onda repentina de energia que parecia vir de seus pés. Ou melhor, do chão abaixo deles, do granito vermelho de New England que mais cedo lhe pareceu tão cheio de vida. A onda a estabilizou, subiu por seu corpo e endireitou a coluna, e assim ela levantou o queixo e olhou naqueles olhos cor de mel sem pestanejar.

— Eu cheguei aqui primeiro — disse ela num tom de desafio.

— Muito bom — murmurou Faye, e havia um estranho olhar em seu rosto. Depois ela virou a cabeça. — Alguma coisa interessante na mochila dela?

Cassie viu, ofendida, que Deborah estava vasculhando sua mochila, jogando as coisas para fora uma por uma.

— Não muito — disse a motoqueira, atirando a mochila no chão para que o resto de seu conteúdo se espalhasse pela encosta.

— Muito bem. — Faye sorria novamente, um sorriso particularmente desagradável que fazia seus lábios vermelhos parecerem cruéis. — Acho que tinha razão antes, Deborah. Ela é carne morta. — Ela olhou para Cassie. — Você é nova por aqui, então provavelmente não entende o erro que cometeu. E eu não tenho tempo para ficar aqui e te contar. Mas você vai descobrir. Vai descobrir... Cassie.

Ela estendeu a mão e segurou o queixo de Cassie com os dedos de longas unhas vermelhas. Cassie queria se afastar, mas seus músculos estavam travados. Ela sentiu a força daqueles dedos e a dureza das unhas longas e meio curvas. Como garras, pensou. As garras de uma ave de rapina.

Pela primeira vez ela percebeu que a pedra vermelha que Faye usava no pescoço tinha uma estrela, como uma safira com pontas. Sob o sol, a pedra reluzia e piscava e Cassie descobriu que não conseguia tirar os olhos dela.

Rindo de repente, Faye a soltou.

— Vamos — disse ela às outras meninas. As três se viraram e subiram a escada.

O ar explodiu dos pulmões de Cassie como se ela fosse um balão que tinha acabado de ser furado. Ela tremia por dentro. Tinha sido... Isso tinha sido absolutamente...

Controle-se!

É só uma adolescente e sua gangue, disse ela a si mesma. Pelo menos o mistério do Clube foi resolvido. São uma gangue. Todos já ouviram falar de gangues, mesmo que nunca tivesse frequentado uma escola. Se os deixar em paz e não atravessar o caminho deles de agora em diante, você vai ficar bem.

Mas a tentativa de se acalmar resultava num vazio em sua cabeça. As últimas palavras de Faye pareciam uma ameaça. Mas uma ameaça do quê?

Quando Cassie voltou para casa naquela tarde, a mãe não parecia estar no primeiro andar. Finalmente, enquanto vagava de um cômodo para o outro chamando-a, a avó apareceu na escada. Sua expressão fez o estômago de Cassie revirar.

— Qual é o problema? Onde está a mamãe?

— Está lá em cima, no quarto dela. Não tem se sentido muito bem. Mas não precisa ficar preocupada...

Cassie correu pelos velhos degraus que rangiam até o quarto verde. A mãe estava deitada numa cama de dossel grandiosa. Seus olhos se encontravam fechados, o rosto pálido transpirava um pouco.

— Mãe?

Os olhos escuros e grandes se abriram. A mãe engoliu em seco e sorriu com dificuldade.

— É só uma gripezinha, eu acho — disse ela, e sua voz era fraca e distante, o tom acompanhava a palidez do rosto. — Vou ficar bem daqui a um ou dois dias, meu amor. Como foi a escola?

A boa índole de Cassie levou a melhor sobre seu desejo de espalhar a própria infelicidade o máximo possível. A mãe respirou rápido e fechou os olhos como se a luz a incomodasse.

Venceu a boa índole. Cassie cravou as unhas nas palmas das mãos e falou com tranquilidade:

— Ah, tudo bem.

— Conheceu alguém interessante?

— Ah, acho que sim.

Ela não queria preocupar a avó também. Mas durante o jantar, quando a avó perguntou por que estava tão calada, parecia que as palavras simplesmente saíam sozinhas.

— Tem uma menina na escola... O nome dela é Faye e ela é terrível. Átila, o Huno, de saias. E no meu primeiro dia acabei ganhando seu ódio... — Ela contou a história toda. No final, a avó olhou para a lareira, como se estivesse preocupada.

— Vai melhorar, Cassie — disse ela.

Mas e se *não melhorar?*, pensou Cassie.

— Ah, eu sei que vai — disse ela.

Depois a avó fez uma coisa surpreendente. Olhou em volta como se alguém pudesse estar ouvindo e se curvou para a frente.

— Não, eu falo sério, Cassie. Eu sei. Entenda, você tem... uma vantagem. Algo muito especial... — a voz se transformou num sussurro.

Cassie se curvou para a frente também.

— O quê?

A avó abriu a boca, depois seus olhos se desviaram. Ouviu-se um estalo na lareira e ela se levantou para atiçar a lenha.

— Vó, o que é?

— Você vai descobrir.

Cassie sentiu um choque. Era a segunda vez hoje que ouvia essas palavras.

— Vovó...

— Para começar, você tem bom-senso — disse a avó, com um novo e animador tom de voz. — E duas pernas boas, em segundo lugar. Tome, leve este caldo para a sua mãe. Ela não comeu nada o dia todo.

Naquela noite, Cassie não conseguiu dormir. Ou seu pavor a manteve acordada para que ela percebesse os rangidos e estalos da velha casa mais do que antes, ou havia mais ruídos para perceber. Ela não sabia o que era, e não importava; ficava dormindo e acordando aos sobressaltos o tempo todo. De vez em quando colocava a mão debaixo do travesseiro para tocar a calcedônia. Se conseguisse dormir... Poderia sonhar com *ele*...

Ela se sentou ereta na cama.

Depois se levantou, os pés descalços pisando a tábua corrida. E foi abrir a mochila. Pegou as coisas que tinha recolhido na encosta da colina uma por uma, lápis por lápis, livro por livro. Por fim olhou os objetos espalhados na colcha.

Cassie tinha razão. Não percebera na hora; sentia-se preocupada demais com a ameaça de Faye. Mas o poema que escrevera naquela manhã, e depois embolara de raiva, não estava mais ali.

7

A primeira pessoa que Cassie viu na escola na manhã seguinte foi Faye. A garota alta estava parada com um grupo na frente da entrada lateral que Cassie pensara ser mais reservada.

Estavam no grupo Deborah, a motoqueira, e Suzan, a loira arruivada peituda. E também os dois loiros que andaram de patins pelos corredores na véspera. E havia mais dois garotos. Um era baixo, de olhar hesitante e covarde e um sorriso furtivo. O segundo era alto, tinha cabelo escuro e um rosto bonito e cruel. Vestia camiseta de mangas enroladas e jeans pretos como os de Deborah, e fumava um cigarro. Nick?, pensou Cassie, lembrando-se da conversa das meninas na véspera. O réptil?

Cassie se espremeu contra a parede de tijolinhos e se retraiu ao máximo. Foi para a entrada principal e correu para a aula de inglês.

Quase se sentindo culpada, verificou o bolso em seu quadril. Era idiotice trazê-la, mas a pedrinha de calcedônia *a fazia* se sentir melhor. E é claro que era ridículo acreditar que podia lhe trazer sorte — mas ela entrou na escola esta manhã sem esbarrar em Faye, não foi?

Ela achou um lugar vazio no canto do fundo da sala, no lado contrário ao que Faye ocupara na véspera. Não queria Faye perto dela — nem atrás. Ali, ela estava protegida por um monte de gente.

Mas, estranhamente, logo depois de se sentar, houve um arrastar de pés em volta de Cassie. Ela levantou a cabeça e viu algumas meninas indo para a frente. O cara ao seu lado também mudava de lugar.

Por um momento ela ficou imóvel, sem nem mesmo respirar.

Não seja paranoica.

Só porque as pessoas mudaram de lugar não quer dizer que têm algo a ver com você. Mas não deixou de perceber que agora existiam vários lugares vazios a seu redor.

Faye entrou apressada, falando com um Jeffrey Lovejoy aparentemente tenso. Cassie a olhou de relance e logo virou a cara.

Não conseguia se concentrar na aula do Sr. Humphrey. Como podia *pensar* com todo esse espaço em volta? Tinha de ser coincidência, mas a abalou da mesma maneira.

No final da aula, ao se levantar, Cassie sentiu que estava sendo observada. Virou-se e viu Faye olhando-a e sorrindo.

Devagar, Faye piscou para ela.

Saindo da sala, Cassie foi para seu armário. Enquanto girava a combinação do locker, viu alguém parado por perto e com um sobressalto reconheceu o cara baixo e furtivo que estivera com Faye naquela manhã.

O armário dele estava aberto, e ela via vários anúncios do que pareciam aparelhos de musculação colados na parte interna da porta. Ele sorria forçado para Cassie. A fivela do cinto era prateada com pedras brilhantes, como espelhos, e estava gravado *Sean*.

Cassie olhou para ele sem interesse, o mesmo olhar que reservava para os garotinhos que cuidava como babá na Califórnia; então abriu o armário.

E gritou.

Foi mais um grito sufocado e estrangulado, porque sua garganta se fechou. Pendurada pelo pescoço no alto do armário por um cordão, havia uma boneca. A cabeça da boneca tombava grotescamente de lado — tinha sido arrancada do encaixe. Um olho de vidro azul estava aberto; o outro, bizarramente meio fechado.

Parecia estar *piscando* para ela.

O baixinho a olhava com uma expressão estranha e ávida. Como se estivesse se embebedando de seu pavor. Como se isso o inebriasse.

— Não vai dar queixa disso? Não devia procurar o diretor? — perguntou ele. A voz era aguda e animada.

Cassie se limitou a olhá-lo, com a respiração se acelerando.

— Sim, *vou* — disse ela. Pegou a boneca e a puxou, soltando o cordão. Batendo a porta do armário, ela foi para a escada.

A sala do diretor ficava no segundo andar. Cassie pensou que teria de esperar, mas para sua surpresa a secretária a conduziu para dentro assim que ela deu seu nome.

— Posso ajudá-la? — O diretor era alto, com uma expressão austera e hostil. Sua sala tinha lareira, percebeu Cassie, distraída, e ele se colocava na frente dela com as mãos entrelaçadas às costas.

— Sim — disse ela. Sua voz tremia. E agora que chegara ali, não tinha certeza se era boa ideia. — Sou nova na escola; meu nome é Cassie Blake...

— Estou ciente de quem você é — a voz era ríspida e agressiva.

— Bom... — vacilou Cassie. — Só queria dar queixa... Ontem, vi uma menina brigando com outra, e ela a empurrou... — Do que ela estava *falando*? Ela tagarelava a esmo. — E eu vi, então depois ela me ameaçou. Ela é desse tal clube... Mas a questão é que ela me ameaçou. E eu não ia fazer nada a respeito disso, mas hoje achei *isto* no meu armário.

Ele pegou a boneca, segurando-a com dois dedos pela parte de trás do vestido. Parecia que ela lhe entregara algo que o cachorro tinha desencavado no quintal. Seu lábio estava retorcido de um jeito que a fazia se lembrar de Portia.

— Muito interessante — disse ele. — Que apropriado.

Cassie não sabia o que isso queria dizer. Apropriado significava adequado, não é? Era apropriado que alguém deixasse bonecas enforcadas no seu armário?

— Foi Faye Chamberlain — disse ela.

— Ah, sem dúvida — disse ele. — Estou perfeitamente ciente dos problemas que a Srta. Chamberlain tem na interação com outros alunos. Até tive uma queixa sobre este incidente ontem, de que você tentou empurrar Sally Waltman pela escada...

Cassie o olhou, depois soltou:

— Eu *o quê*? Quem disse isso?

— Creio que foi Suzan Whittier.

— Não é verdade! Eu nunca...

— Seja como for — interrompeu o diretor —, creio sinceramente que é melhor que vocês resolvam seus problemas entre si, não acha? Em vez de dependerem... de ajuda externa.

Cassie continuou olhando, sem fala.

— É só. — O diretor jogou a boneca no lixo, onde ela bateu produzindo um barulho.

Cassie percebeu que fora dispensada. Não havia nada a fazer além de se virar e sair.

Estava atrasada para a aula seguinte. Enquanto passava pela porta, todos os olhos se voltaram para ela e por um instante Cassie se sentiu paranoica. Mas pelo menos ninguém se levantou e saiu quando ela se sentou.

Ela olhava a professora dar um exemplo no quadro quando sua mochila se mexeu.

Estava no chão ao lado dela, e pelo canto do olho Cassie viu o nylon azul-escuro tomar forma, como uma corcunda. Ela *pensou* ter visto. Quando se virou para olhar, a mochila estava parada.

Imaginação...

Assim que olhou o quadro, aconteceu de novo.

Vire-se e olhe. Ainda parada. Olhe o quadro. A mochila inchou. Como se alguma coisa se *remexesse* dentro dela.

Devem ser ondas de ar quente, ou algum problema com seus olhos.

Muito lenta e cuidadosamente, Cassie aproximou o pé da mochila. Olhava o quadro-negro ao levantar o pé e o desceu subitamente na "corcunda".

Apenas o que sentiu foi o livro de francês.

Não tinha percebido que estava prendendo a respiração até suspirar. Seus olhos se fecharam e ela se sentiu aliviada por um breve instante...

Então algo embaixo de seu pé se retorceu. Ela *sentiu* sob o Reebok.

Com um grito penetrante, Cassie levantou.

— *Qual é* o problema? — exclamou a professora. Agora todos de fato a encaravam.

— Tem uma coisa... Uma coisa na minha mochila. Ela se *mexeu*. — Cassie teve dificuldades para não se agarrar ao braço da professora. — Não, não... Não toque nisso...

Afastando-a, a professora abriu a mochila. Depois colocou a mão dentro dela e pegou uma cobra comprida de borracha.

De borracha.

— Era para ser engraçado? — perguntou a professora.

— Não é minha — disse Cassie feito uma idiota. — Eu não a coloquei aí.

Ela encarava, hipnotizada, a cabeça de borracha se balançando e a língua de borracha pintada de preto. Parecia verdadeira, mas não era. Não estava viva. Carne morta?

— Ela se mexeu — sussurrou Cassie. — Eu senti se mexer... Eu pensei. Deve ter sido o movimento do meu pé.

A turma estava em silêncio, olhando. Ao levantar a cabeça, Cassie pensou ter visto rapidamente algo parecido com piedade no rosto da professora, mas no momento seguinte passou.

— Muito bem, pessoal. Vamos voltar ao trabalho — disse a professora, largando a cobra na mesa e retornando ao quadro-negro. Cassie passou o resto do tempo de olhos pregados naquela cobra de borracha. Ela não se mexeu novamente.

Cassie olhou pela vidraça da cantina cheia de alunos que riam e conversavam. A aula de francês passou num borrão. E a paranoia, a sensação de que as pessoas a olhavam e viravam-lhe as costas de propósito, continuava crescendo.

Eu devia ir lá para fora, pensou ela, mas é claro que isso era ridículo. Veja aonde ir para fora te levou ontem. Não, ela hoje faria o que já devia ter feito: entraria e perguntaria a alguém se podia se sentar na mesma mesa.

Muito bem. Faça isso. Teria sido mais fácil se ela não estivesse tão tonta. Falta de sono, pensou.

Ela parou, com a bandeja cheia, ao lado de duas meninas que estavam em uma mesa quadrada para quatro. Pareciam legais e, mais importante, pareciam estar no segundo ano. Deviam ficar felizes por ter uma aluna mais velha sentada com elas.

— Oi — ouviu a própria voz falando; como se não saísse de seu corpo, mas educada. — Posso me sentar aqui?

Elas se olharam. Cassie quase podia ver a telegrafia frenética. Depois uma delas falou:

— Claro... Mas estamos indo embora agora. Fique à vontade. — Ela pegou a bandeja e foi para a lixeira. A outra menina pareceu desanimada por um instante, olhando a própria bandeja. Depois a seguiu.

Cassie ficou parada como se estivesse enraizada no chão.

Tudo bem, isso é péssimo — você escolheu alguém que está indo embora, tudo bem. Mas não é motivo para se deixar perturbar...

Mesmo que o almoço das duas só estivesse pela metade?

Com um esforço supremo, ela se obrigou a ir a outra mesa. Desta vez uma redonda, para seis. Só havia um lugar vago.

Não pergunte, pensou Cassie. Baixou a bandeja perto do lugar vago, tirou a mochila do ombro com um sacolejo e se sentou. Ficou de olhos grudados na bandeja, concentrando-se em um pedaço de pepperoni na fatia de pizza. Não queria parecer estar *pedindo* permissão a ninguém.

Em volta dela, a conversa morreu. Depois ouviu o arrastar de cadeiras.

Ai, meu Deus, não acredito nisso, não acredito que isso esteja acontecendo, não é verdade...

Mas era. Seu pior pesadelo. Algo muito pior que bonecas mortas ou cobras de borracha.

Num torpor de irrealidade, ela ergueu a cabeça e viu todos os outros ocupantes da mesa se levantarem. Pegavam seu almoço; estavam indo embora. Mas ao contrário das suas amigas simpáticas do segundo ano, não iam para a lixeira. Só se mudavam para outras mesas, uma aqui, outra ali, qualquer lugar em que pudessem se sentar.

Longe dela. Qualquer lugar desde que fosse longe dela.

— Mãe...? — Ela viu os olhos fechados, os cílios pretos e grossos, o rosto muito pálido.

Ela não sabia como conseguira enfrentar o resto das aulas mais cedo e, quando chegou em casa, a avó disse que a mãe havia piorado. Não estava *muito* pior, nada com que se *preocupar*, mas piorara. Ela precisava de paz e tranquilidade. Tomara um remédio para dormir.

Cassie viu as olheiras cercando os olhos fechados. A mãe parecia doente. E, mais do que isso, frágil. Vulnerável. Tão *nova*.

— Mãe... — a voz era suplicante, mas abafada. A mãe se mexeu, com uma onda de dor atravessando o rosto. Depois ficou parada de novo.

Cassie sentiu o torpor tomá-la um pouco mais fundo. Não havia ninguém para ajudá-la ali.

Ela se virou e saiu do quarto.

Em seu quarto, colocou a pedra de calcedônia na caixa de joias e não a tocou novamente. Coisas demais tinham acontecido para que ela lhe desse sorte.

Os rangidos e ruídos da casa a mantiveram acordada naquela noite também.

Na manhã de quinta-feira, encontrou uma ave em seu armário. Uma coruja empalhada. Encarava-a com seus olhos amarelos, redondos e brilhantes. Um zelador por acaso passava por ali, e ela apontou a coruja para ele sem dizer nada, com a mão trêmula. Ele virou a cara.

Naquela tarde, foi um peixe dourado morto. Ela fez um funil com uma folha de papel e o retirou. Não chegou perto do armário pelo resto do dia.

Também não se aproximou da cantina. E passou o almoço no canto mais distante da biblioteca.

Foi ali que viu a menina de novo.

A menina do cabelo brilhoso, aquela que desistira até de conhecer. Não era surpreendente que Cassie não a tenha visto na escola até então. Ultimamente ela se esquivava feito uma sombra, andando pelos corredores olhando para o chão, sem falar com ninguém. Não sabia por que ia à escola, só que não havia para onde ir. E se ela *tivesse* visto a menina, provavelmente correria para o outro lado. A ideia de ser rejeitada por *ela*, como era rejeitada por todos na escola, era insuportável.

Mas agora Cassie levantava a cabeça da mesa no fundo da biblioteca ao notar um brilho semelhante ao do sol.

Aquele cabelo. Era exatamente como Cassie se lembrava, incrivelmente comprido, de uma cor inacreditável. A menina estava de frente para a recepção, sorrindo e falando com a bibliotecária. Cassie podia *sentir* o resplendor de sua presença do outro lado da sala.

Ela teve o impulso desvairado de saltar e correr até a menina. E depois... *o quê?* Não sabia. Mas o impulso estava quase além de seu controle. A garganta doía, e lágrimas enchiam seus olhos. Cassie percebeu que estava de pé. Ia correr até a garota e depois... Depois... Imagens inundaram a mente de Cassie, de sua mãe abraçando-a quando ela era mais nova, limpando um joelho esfolado, beijando-o para melhorar. Conforto. Resgate. Amor.

— Diana!

Outra menina corria para a recepção.

— Diana, não sabe que horas são? Rápido!

Ela puxava a menina de cabelos brilhosos, rindo e acenando para a bibliotecária. Elas estavam na porta; elas se foram.

Cassie ficou sozinha e parada na sala. A menina nem mesmo olhou na sua direção.

Na manhã de sexta-feira, Cassie parou na frente do armário. Não queria abri-lo. Mas ele exercia um estranho fascínio sobre ela. Não suportava *senti-lo* ali, perguntando-se o que havia dentro dele, sem saber.

Ela digitou a combinação lentamente, tudo era nítido demais.

A porta do armário se abriu.

Desta vez ela nem pôde gritar. Sentiu os olhos se abrirem, tão arregalados como os da coruja empalhada. Sua boca se abriu num ofegar mudo. Seu estômago revirou. O cheiro...

O armário estava cheio de hambúrguer. Cru e vermelho como carne com a pele arrancada, ficando roxo onde estragava por falta de refrigeração. Quilos e quilos dele. O cheiro era...

De carne. De carne morta.

Cassie bateu a porta, mas isso fez saltar um pouco da carne que gotejava no fundo. Ela girou e se afastou, trôpega, com a visão ficando embaçada.

Sentiu a mão de alguém segurá-la. Por um momento pensou que fosse uma oferta de apoio. Depois sentiu sua mochila ser puxada do ombro.

Cassie se virou e viu um rosto bonito e mal-humorado. Olhos escuros maliciosos. Uma jaqueta de motoqueira. Deborah atirou a mochila para além de Cassie e automaticamente Cassie girou, seguindo-a.

Do outro lado ela viu um cabelo loiro na altura do ombro. Olhos azul-esverdeados oblíquos e meio loucos. Uma boca sorridente. Era um dos garotos dos patins — um dos irmãos Henderson.

— Bem-vinda à selva — cantou ele, atirando a mochila para Deborah, que a pegou, cantando outro verso.

Cassie não conseguia deixar de se virar repetidas vezes entre os dois, como um gato perseguindo um camundongo de pelúcia num cordão.

As lágrimas encheram seus olhos. O riso e a música soavam em seus ouvidos, cada vez mais altos.

De repente um braço moreno se meteu em seu campo de visão. A mão pegou a mochila em pleno ar. O riso sumiu.

Ela se virou e viu em meio ao borrão de lágrimas o rosto frio e bonito do garoto de cabelos negros que estivera com Faye naquela manhã de dois dias antes... Será que só fazia dois dias mesmo? Ele estava com outra camiseta de mangas enroladas e o mesmo jeans preto surrado.

— Aí, Nick — reclamou o irmão Henderson. — Está estragando nosso jogo.

— Dá o fora daqui — vociferou Nick.

— Saia você — rosnou Deborah por trás de Cassie. — Doug e eu só estávamos...

— É, a gente só estava...

— Cala a boca. — Nick olhou o armário de Cassie, com gotas de sangue ainda pingando da carne. Depois atirou a mochila para ela. — Saia *você* — disse ele.

Cassie olhou-o nos olhos. Eram castanho-escuros, da cor da mobília de mogno da avó. E, como a mobília, pareciam refletir as luzes do teto. Não eram exatamente hostis. Apenas... indiferentes. Como se nada o incomodasse.

— Obrigada — disse ela, piscando para reprimir as lágrimas.

Algo brilhou naqueles olhos cor de mogno.

— Não há motivo para me agradecer — disse ele. Sua voz era como um vento frio, mas Cassie não se importou. Agarrada à mochila, ela correu dali.

Foi na aula de física que ela recebeu o bilhete.

Uma menina chamada Tina o largou em sua carteira, despreocupadamente, tentando dar a impressão de que não estava fazendo nada. Ela continuou andando e se sentou do outro lado da sala. Cassie olhou o quadrado de papel dobrado como se ele pudesse queimá-la se ela o tocasse. Seu nome estava escrito na frente com uma letra que conseguia ser ao mesmo tempo pomposa e formal.

Lentamente, ela desdobrou o papel.

Cassie, dizia, *encontre-me no antigo prédio de ciências, no segundo andar, depois da aula. Acho que podemos nos ajudar. Uma amiga.*

Cassie olhou o bilhete até as letras duplicarem. Depois da aula, ela encurralou Tina.

— Quem te deu isso para me entregar?

A menina olhou o bilhete como quem não o reconhece.

— Do que está falando? Eu não...

— Sim, foi você. Quem te deu?

Tina lançou um olhar assustado em volta. Depois cochichou:

— Sally Waltman, está bem? Mas ela me disse para não contar a ninguém. Agora eu preciso ir.

Cassie a bloqueou.

— Onde fica o antigo prédio de ciências?

— Olha...

— Onde fica?

Tina sibilou:

— Do outro lado da ala leste. Atrás do estacionamento. Agora me deixa ir! — Ela se soltou de Cassie e correu.

Uma amiga, pensou Cassie com sarcasmo. Se Sally fosse realmente uma amiga, falaria com Cassie em público. Se fosse realmente uma amiga, teria ficado naquele dia na escada, em vez de deixar Cassie sozinha com Faye. Ela teria dito, "obrigada por salvar minha vida".

Mas talvez agora ela estivesse arrependida.

O antigo prédio de ciências parecia abandonado já há algum tempo; havia um cadeado na porta, mas tinha sido arrombado. Cassie empurrou a porta e ela abriu.

Estava escuro dentro do prédio. Ela não conseguia distinguir nenhum detalhe com seus olhos ofuscados pela diferença de luz. Mas via uma escada. Ela subiu, com a mão na parede para se orientar.

Foi quando chegou ao alto da escada que percebeu uma coisa estranha. Seus dedos tocavam algo... macio. Quase peludo. Ela os levou até o rosto, tentando ver o que era. Fuligem?

Algo se mexeu na sala diante dela.

— Sally? — Cassie avançou um passo, hesitante. Por que não entrava mais luz pela janela?, ela se perguntou. Cassie só conseguia ver rachaduras brancas e brilhantes aqui e ali. Ela deu outro passo arrastado, e outro, e mais um.

— Sally?

Mesmo ao dizer isso, seu cérebro exausto finalmente percebeu. Nada de Sally. Quem quer que fosse, o que quer que estivesse ali, não era Sally.

Vire-se, idiota. Dê o fora daqui. *Agora*.

Ela girou o corpo, forçando os olhos agora adaptados ao escuro, procurando pela escuridão mais profunda da escada...

E uma luz se acendeu de repente, banhando seu rosto, cegando-a. Ouviu um rangido e um puxão e mais centelhas de luz na sala. Entrava por uma janela que fora coberta de tábuas, Cassie percebeu. Alguém estava parado diante dela, segurando um pedaço de madeira.

Ela se virou para a escada de novo. Mas tinha alguém ali também. Agora havia luz suficiente na sala para ela ver as feições da menina que se aproximava.

— Oi, Cassie — disse Faye. — Acho que a Sally não pôde vir. Mas talvez você e eu possamos nos ajudar.

8

— Você mandou o bilhete — disse Cassie numa voz monótona.

Faye abriu seu sorriso lento e terrível.

— Não sei por que, mas eu achei que você não viria se eu usasse meu próprio nome — disse ela.

E eu caí nessa, pensou Cassie. Ela deve ter treinado aquela garota, a Tina, sobre o que dizer — e eu engoli.

— Gostou dos presentinhos que tem encontrado?

As lágrimas vieram aos olhos de Cassie. Ela não conseguia responder. Sentia-se tão esgotada, tão indefesa — se ao menos conseguisse *pensar*.

— Não tem dormido muito bem? — continuou Faye, a voz gutural inocente. — Você está péssima. Ou talvez seus *sonhos* não a deixem dormir.

Cassie se virou para lançar um rápido olhar para trás. Havia uma saída ali, mas Suzan estava na frente.

— Ah, não pode ir embora ainda — disse Faye. — Eu nem *sonharia* em deixar você sair.

Cassie a encarou.

— Faye, me deixe em paz...

— Vai *sonhando* — disse Deborah, e riu de um jeito desagradável.

Cassie não via sentido nenhum nisso. Mas depois viu que Faye segurava uma folha de papel. Estava alisada, mas já havia sido amassada.

Seu poema.

A raiva ardeu em meio à exaustão. Ardeu tanto que por um instante ela ficou cheia de energia, animada pelo ódio. Ela avançou para Faye, gritando, "Isso é *meu!*".

Pegou Faye de surpresa. Ela recuou, esquivando-se, segurando o poema no alto, fora do alcance de Cassie.

Depois alguma coisa pegou os braços de Cassie por trás, prendendo-os.

— Obrigada, Deborah — disse Faye, meio sem fôlego. Olhou para Cassie. — Imagino que até um ratinho de laboratório é capaz de se rebelar. Vamos ter de nos lembrar disso. Mas por ora — continuou ela — precisamos fazer uma leitura de poesia improvisada. Desculpe se o clima não seja mais... apropriado... mas não é sua culpa, certo? Antigamente este era um prédio de ciências, porém ninguém mais vem aqui. Não desde que Doug e Chris Henderson cometeram um errinho numa experiência de química. Você deve ter visto os irmãos Henderson... É difícil não ver os dois. Uns caras legais, mas meio irresponsáveis. Eles fizeram uma bomba por acidente.

Agora que seus olhos tinham se adaptado de novo, Cassie via que a sala fora incendiada. As paredes eram pretas de fuligem.

— É claro que algumas pessoas acham que aqui não é seguro — continuou Faye —, então mantêm o prédio trancado. Mas nunca deixaríamos que uma coisinha à toa dessas nos impedisse. É *privativo*. Podemos fazer todo o barulho que quisermos e ninguém vai nos ouvir.

O aperto de Deborah nos braços de Cassie era doloroso. Mas Cassie começou a lutar de novo, e Faye limpou sua garganta, erguendo o papel.

— Vejamos... "Meus sonhos", de Cassie Blake. Título muito criativo, a propósito.

— Você não tem *direito* algum... — começou Cassie, mas Faye a ignorou. Ela começou a ler numa voz teatral e melodramática:

— "Toda noite me deito e sonho com aquele..."

— É *particular*! — gritou Cassie.

— "Que com um beijo despertou meu desejo..."

— Me *solta*!

— "Passei uma única hora a sós com ele..."

— Isso não é *justo*...

— "E desde então, meus dias com fogo entrevejo." — Faye levantou a cabeça. — É só isso. O que acha, Deborah?

— Uma merda — disse Deborah, depois deu um pequeno puxão nos braços de Cassie, que tentava se soltar. — É idiota.

— Ah, não sei não. Gostei das imagens. Do fogo, por exemplo. Gosta do fogo, Cassie?

Cassie ficou imóvel. Aquela voz rouca e indolente tinha um novo tom, um tom que ela reconhecia por instinto. Perigo.

— Você *pensa* no fogo, Cassie? Sonha com ele?

De boca seca, Cassie encarava Faye. Aqueles olhos cor de mel eram ardentes e brilhantes. Empolgados.

— Quer ver um truque com fogo?

Cassie balançou a cabeça. Havia coisas piores que a humilhação, ela percebia. Pela primeira vez nesta semana Cassie tinha medo não por seu orgulho, mas por sua vida.

Faye estalou a folha de papel na mão, formando um cone frouxo. Surgiu uma chama de um canto do alto.

— Por que não nos diz quem é o sujeito do poema, Cassie? O garoto que *despertou* você... Quem é ele?

Cassie se afastou, tentando escapar do papel em chamas diante de seu rosto.

— Cuidado — disse Deborah com malícia por trás de Cassie. — Não chegue muito perto do cabelo dela.

— Como, quer dizer perto *assim*? — disse Faye. — Ou *assim*?

Cassie teve de torcer o pescoço para fugir da chama. Voavam pedacinhos de papel em brasa para todo lado. O brilho deixou uma impressão em seus olhos e ela sentia o coração retumbando.

— Uau, essa *foi mesmo* perto. Acho que os cílios dela são compridos demais, Deborah, não acha?

Cassie agora lutava, mas Deborah era incrivelmente forte. E quanto mais Cassie lutava, mais o aperto doía.

— Me solta... — ofegou ela.

— Mas eu pensei que gostasse de fogo, Cassie. Olhe para o fogo. O que você vê?

Cassie não queria obedecer, mas não conseguiu evitar. A essa altura, o papel deveria ter queimado completamente.

Mas ainda ardia. Amarelo, pensou ela. O fogo é amarelo e laranja. Não é vermelho, como dizem.

Todos os seus sentidos estavam fixos na chama. Seu calor lhe provocava um formigamento seco nas faces. Ela ouvia o papel se enrugar, consumindo-se; sentia o cheiro de queimado. E não conseguia ver mais nada.

Cinzas e fogo amarelo. Azul na base, como um bico de gás. O fogo mudava de forma a cada segundo, seu brilho jorrando interminavelmente para cima. Derramando sua energia...

Energia.

Fogo é poder, pensou ela. Quase sentia o peso da chama dourada. Não era a vasta quietude do céu e do mar, ou a solidez tranquila de uma rocha. Era ativo. Poder, disponível ali...

— Sim — sussurrou Faye.

Num choque, o som arrancou Cassie do transe. Não seja *louca*, disse ela a si mesma. Sua fantasia com a chama desmoronou. Era isto o que acontecia quando não se dormia nada. Quando o estresse se tornava insuportável e você chegava ao fim de seus recursos. Ela estava enlouquecendo.

Lágrimas lhe encheram os olhos, caindo pelo rosto.

— Ah, ela afinal é só uma pirralha — disse Faye, e havia uma repulsa feroz em sua voz. Repulsa e algo parecido com decepção. — Vamos lá, pirralha, não consegue chorar mais forte que isso? Se chorar bem forte, talvez apague isto aqui.

Ainda soluçando, Cassie lançou a cabeça de um lado a outro enquanto o papel em chamas se aproximava mais. Tão perto que as lágrimas caíram nele e chiaram. Cassie não conseguia mais raciocinar; estava simplesmente apavorada.

Como um animal numa armadilha, um animal desesperado e digno de pena numa armadilha.

Carne morta carne morta carne morta carne morta...

— O que você está *fazendo*? Solte-a... Agora!

A voz surgiu do nada e por um instante Cassie nem tentou localizá-la. Todo seu ser estava concentrado no fogo. Ele ardeu ainda mais subitamente, dissolvendo-se quase de imediato em uma simples cinza. Faye acabou segurando um toco de cone de papel calcinado.

— Eu disse para soltá-la! — Um brilho atingiu Deborah. Mas não brilhava como fogo. Brilhava como o sol. Ou o luar, quando a lua está cheia e é tão deslumbrante que se pode ler com ela.

Era *ela*.

A menina, a garota da casa amarela, a garota do cabelo brilhoso. Totalmente assustada, Cassie olhava como se a visse pela primeira vez.

Era quase da altura de Faye, mas diferente dela em todos os outros aspectos. Faye era voluptuosa, ela era magra; Faye se vestia de vermelho, ela usava branco. Em vez de uma cabeleira preta e rebelde como a de Faye, seu cabelo era comprido, liso e cintilante — da cor da luz que entrava por uma janela.

E é claro que ela era bonita, ainda mais bonita tão de perto do que era de longe. Mas uma beleza tão diferente da de Faye que era difícil pensar que fosse igual. A beleza de Faye era impressionante, mas metia medo. Seus estranhos olhos dourados eram fascinantes, mas também lhe davam vontade de fugir.

A menina parecia algo saído de um vitral. Pela primeira vez Cassie viu seus olhos e eram verdes e claros, brilhantes também, como se houvesse luz por trás deles. O rosto parecia ligeiramente corado de rosa, mas era uma cor natural, não maquiagem.

Seu peito inchava de indignação, e a voz, embora clara e musical, estava cheia de raiva.

— Quando Tina me disse que tinha entregado um bilhete por você, eu sabia que ia acontecer alguma coisa — disse ela. — Mas isto é inacreditável. Pela última vez, Deborah, solte a menina!

Lentamente e com relutância, o aperto nos braços de Cassie se afrouxou.

— Olhe para isso... Podia ter *machucado* — a menina de cabelo de fada se enfurecia. Pegou um lenço de papel e limpou as cinzas — e lágrimas — do rosto de Cassie. — Você está bem? — perguntou ela num tom mais gentil.

Cassie só conseguia olhar para ela. A menina reluzente viera em seu resgate. Parecia algo saído de um sonho.

— Ela está morta de medo — continuou a garota, virando-se para Faye. — Como você *pôde,* Faye? Como pôde ser tão cruel?

— Acontece naturalmente — murmurou Faye. Seus olhos eram velados e mal-humorados. Tão mal-humorados quanto o rosto de Deborah.

— E você, Suzan... Estou surpresa com você. Não vê que isso é errado?

Suzan murmurou alguma coisa, virando a cara.

— E *por que* vocês queriam machucá-la? Quem é ela? — A menina agora passava um braço protetor em volta de Cassie ao olhar de uma veterana a outra. Nenhuma delas respondeu.

— Meu nome é Cassie — disse Cassie, a voz vacilou no final e ela tentou estabilizá-la. Só o que sentia era o braço da garota em seu ombro. — Cassie Blake — conseguiu terminar. — Eu me mudei para cá há algumas semanas. A Sra. Howard é minha avó.

A garota parecia assustada agora.

— Sra. Howard? Do número 12? Você está morando com ela?

O medo disparou por Cassie. Ela se lembrava da reação de Jeffrey ao saber onde ela morava. Cassie morreria se essa garota reagisse da mesma maneira. Infeliz, ela assentiu.

A garota do cabelo de fadas girou rapidamente para Faye.

— Então ela é uma de nós! Uma *vizinha* — acrescentou ela, incisiva, enquanto as sobrancelhas de Faye se erguiam.

— Ah, nem tanto — disse Faye.

— Ela só é meio... — começou Suzan.

— Cala a boca! — disse Deborah.

— Ela é uma vizinha — repetiu obstinadamente a garota do cabelo de fada. E olhou para Cassie: — Desculpe; eu não sabia que tinha se mudado. Se eu *soubesse* — lançou um olhar colérico para Faye —, teria impedido isso. Moro no início da Crowhaven Road, no número 1. — Ela apertou Cassie de um jeito protetor de novo. — Vamos. Se quiser, eu te levo para casa agora.

Cassie assentiu. Ficaria feliz em seguir a garota se ela lhe dissesse para pular pela janela.

— Esqueci de me apresentar — disse a menina, parando a caminho da escada. — Meu nome é Diana.

— Eu sei.

* * *

Diana tinha um Acura Integra azul. Parou na frente dele e perguntou a Cassie se queria pegar alguma coisa no armário.

Com um tremor, Cassie meneou a cabeça.

— E por que não?

Cassie hesitou. Depois contou a ela. Tudo.

Diana ouvia, de braços cruzados, a ponta do pé batendo com uma velocidade cada vez maior com o desenrolar da história. Seus olhos verdes começavam a brilhar de uma fúria quase incandescente.

— Não se preocupe com isso — foi só o que ela disse no fim. — Vou telefonar e pedir ao zelador que limpe o armário. Por enquanto, precisamos tirar você daqui.

Ela dirigiu, dizendo a Cassie para deixar o Golf.

— Vamos cuidar disso mais tarde. — E Cassie acreditou nela. Se Diana disse que cuidaria disso, é porque cuidaria mesmo.

No carro, Cassie só conseguia olhar fixamente uma mecha de cabelo comprido e brilhante que caía sobre o freio de mão. Era como seda da cor do sol. Ou tingida de sol e luar. Por um instante, no fundo da mente de Cassie, surgiu um pensamento sobre outra pessoa que tinha o cabelo de mais de uma cor, mas quando estava a ponto de apreender o pensamento, ele lhe escapou.

Cassie não se atrevia a tocar a mecha de cabelo, embora quisesse saber se era sedoso ao toque também. Em vez disso, tentou ouvir o que Diana dizia.

— ... às vezes eu não sei o que dá na Faye. Ela simplesmente não *raciocina*. Não percebe o que está fazendo.

Os olhos de Cassie deslizaram cautelosamente para o rosto de Diana. Em sua opinião, Faye sabia exatamente o que fazia. Mas ela não diria nada — as duas pararam na frente da casa vitoriana bonita.

— Vamos — disse Diana, saindo do carro. — Você precisa se limpar antes de ir para casa.

Limpar? Cassie descobriu o que ela quis dizer quando Diana a levou para um banheiro antiquado no segundo andar. A fuligem estava em seu suéter cinza, nas mãos, nos jeans. O cabelo era uma bagunça. A cara manchada de preto e riscada de lágrimas. Ela parecia uma órfã de guerra.

— Vou te emprestar umas roupas enquanto lavamos as suas. E *você* pode se limpar com isto. — Diana estava agitada, abrindo a água quente numa banheira antiga com pés, acrescentando algo que tinha um cheiro doce e borbulhava. Ela dispôs toalhas, sabonete, xampu, tudo com uma velocidade que deixou Cassie pasma.

— Jogue suas roupas para fora quando se despir. E pode colocar isso depois — disse ela, pendurando um roupão branco e felpudo no gancho da porta. — Bom, tudo pronto.

Ela desapareceu, e Cassie ficou olhando a porta fechada. Olhava o espelho meio embaçado de vapor, depois a banheira. Sentia frio e dor por dentro. Seus músculos tremiam de tensão. A água quente e de cheiro doce parecia perfeita, e quando ela entrou na banheira, soltou um suspiro involuntário de felicidade.

Ah, isso era maravilhoso. Perfeito. Ela se deitou e se aqueceu por um tempo, deixando que o calor entrasse em seus ossos e o leve cheiro floral lhe enchesse os pulmões. Parecia eliminar o cansaço de sua cabeça e refrescá-la.

Ela pegou uma esponja e tirou a sujeira do rosto e do corpo. O xampu também tinha um cheiro doce. Quando finalmente saiu da banheira e se enrolou na toalha grande e branca, estava limpa, aquecida e mais relaxada do que se lembrava de ficar em semanas. Ainda mal conseguia acreditar que isto estava acontecendo, mas sentia-se cheia de luz.

O banheiro *era mesmo* antiquado, mas não de um jeito feio, ela concluiu. Toalhas bonitas, vidros com sais de banho coloridos e o que parecia uma mescla de perfumes o decoravam.

Ela calçou os chinelos brancos e macios que Diana deixara e foi para o corredor.

A porta do outro lado estava entreaberta. Hesitando, ela bateu, abrindo-a. Depois parou na soleira.

Diana estava sentada em um banco junto à janela, de cabeça curvada sobre o suéter cinza de Cassie em seu colo. Acima dela, na janela, pendiam prismas. O sol os banhava de tal modo que pequenos triângulos de arco-íris caíam pelo quarto: faixas de violeta, verde e vermelho-alaranjado. Deslizavam pelas paredes, dançando no chão, nos braços e no cabelo de Diana. Era como se ela estivesse sentada no meio de um caleidoscópio. Não admirava que a janela tivesse cintilado, pensou Cassie.

Diana levantou a cabeça e sorriu.

— Entre. Eu estava tirando a fuligem do seu suéter.

— Ah. É cashmere...

— Eu sei. Vai ficar tudo bem. — Diana pegou um livro que estava aberto na janela e o colocou num armário grande encostado na parede. Cassie percebeu que ela trancou o armário depois. Em seguida voltou ao suéter.

Cassie olhou o banco da janela com curiosidade. Não viu nenhum removedor de manchas. Só um pacote com uma mistura e o que parecia parte da coleção de pedras de alguém.

O quarto em si era lindo. Conseguia combinar móveis bonitos que pareciam antigos com coisas modernas, como se o passado e o presente existissem lado a lado em harmonia.

As cortinas da cama eram azul-claras com um desenho delicado de trepadeiras, leves e graciosas. Nas paredes, em vez de pôsteres de cinema ou celebridades, havia umas gravuras de arte. Todo o lugar parecia ter... classe. Elegante e artístico, mas também confortável.

— Gosta destas? Das gravuras?

Cassie se virou e viu que Diana voltara ao quarto em silêncio. Ela assentiu, querendo pensar em algo inteligente para dizer a essa menina que parecia tão superior a ela.

— Quem são? — perguntou ela, na esperança de que não fosse algo que ela já devesse saber.

— São deuses gregos. Ou melhor, deusas gregas. Esta é Afrodite, a deusa do amor. Vê os querubins e pombas em volta dela?

Cassie olhou a mulher na imagem, reclinada numa espécie de sofá, linda e indolente. Algo na pose — ou talvez fosse o colo exposto — lembrava-a de Suzan.

— E esta é Ártemis. — Diana passou a outra gravura. — Era a deusa da caça. Nunca se casou, e se algum homem a visse se banhar, ela o cortava em pedaços com seus cães.

A mulher na imagem era magra e esbelta, com braços e pernas musculosos. Estava ajoelhada, mirando um arco. O cabelo preto caía em ondas pelas costas e a expressão em seu rosto era intensa e desafiadora. Deborah algumas vezes era parecida, pensou Cassie. Depois ela olhou a imagem seguinte e tomou um susto.

— E quem é essa?

— Hera, a rainha dos deuses. Ela pode ser... ciumenta.

Cassie apostava que sim. A jovem era alta e soberba, com um queixo imperioso. Mas foram os olhos que prenderam Cassie. Pareciam quase arder na gravura, cheios de paixão, vontade e perigo. Como um felino preparando-se para atacar na selva...

Tremendo incontrolavelmente, Cassie se afastou.

— Você está bem? — perguntou Diana. Cassie assentiu, engolindo em seco. Agora que estava em segurança, voltava-lhe tudo. Não só os acontecimentos do último dia, mas toda a semana que passou. Toda a dor, a humilhação. A boneca enforcada em seu armário, a cena na cantina. A cobra de borracha. O jogo com sua mochila...

— Cassie? — A mão tocou seu ombro.

Foi demais. Cassie se virou, atirando-se nos braços de Diana, aos prantos.

— Está tudo bem. Vai ficar tudo bem, é sério. Não se preocupe... — Diana a abraçava e afagava suas costas. Todas as lágrimas que Cassie não conseguira soltar na frente da mãe e da avó agora jorravam para fora. Ela se agarrou a Diana e soluçou como uma criancinha.

E foi como as imagens que lhe vieram na biblioteca. Como se ela tivesse sete anos e a mãe a reconfortasse. De algum modo, Diana fazia com que Cassie sentisse que tudo *ia mesmo* ficar bem.

Por fim, seus soluços e fungadelas diminuíram. E então levantou a cabeça.

— Vamos combinar uma coisa? — disse Diana, estendendo um lenço para Cassie. — Por que não fica para jantar? Meu pai só vai voltar muito tarde... Ele é advogado. Posso chamar umas amigas e pedimos uma pizza. O que acha disso?

— Ah... Ótimo — disse Cassie, mordendo o lábio. — É ótimo mesmo.

— Pode vestir essas roupas até as suas secarem... Vão ficar meio largas, mas não ficarão tão ruins. Desça quando estiver pronta. — Diana parou, os olhos verde-esmeralda no rosto de Cassie. — Tem alguma coisa errada?

— Não... Na verdade não, mas... — Cassie se atrapalhou, depois balançou a cabeça, com raiva. — É só que... É só que... Por que você é tão *legal* comigo? — soltou. Ainda lhe parecia um sonho.

Diana a olhou por um minuto, depois sorriu com os olhos, embora os lábios continuassem sérios.

— Não sei... Talvez porque eu ache que *você* é legal e mereça isso. Posso me esforçar para ser nojenta, se preferir.

Cassie balançou a cabeça de novo, mas desta vez, sem raiva. Sentia os próprios lábios se retorcerem.

— E... — Diana olhava agora para o vazio, os olhos verde-claros distantes. — Todas somos irmãs, sabia?

Cassie prendeu a respiração.

— Somos? — sussurrou ela.

— Sim — disse Diana com firmeza, ainda com o olhar distante. — Sim, somos. Apesar de tudo. — Depois sua expressão mudou e ela olhou para Cassie. — Pode ligar para sua mãe desta linha — disse ela, indicando um telefone. — Vou descer e pedir a pizza. — E, num estalo, ela sumiu.

9

As meninas que apareceram se chamavam Laurel e Melanie. Foi Laurel que Cassie viu na biblioteca com Diana. De perto, ela era muito magra, de cabelo castanho-claro quase tão comprido quanto o de Diana e feições bonitas de fada. Estava com um vestido floral e tênis rosa de cano alto.

— A pizza é vegetariana, não é? — disse ela, fechando a porta com o pé porque carregava uma pilha de Tupperwares nos braços. — Não pediu nada com seu venerável pepperoni, pediu?

— Não tem carne — garantiu Diana, abrindo a porta de novo para revelar outra menina parada pacientemente ali.

— Epa... Desculpe! — Laurel gritou a caminho da cozinha. — Trouxe coisas para uma salada.

Diana e a menina nova se viraram juntas para gritar "*Tofu não!*".

— São só verduras e legumes — a voz de Laurel flutuou de volta. Diana e a menina nova trocaram um olhar de alívio.

Cassie lutava com a timidez. A outra garota certamente era do último ano na escola, alta e bonita, com um jeito sofisticado. O cabelo castanho e liso estava puxado para trás e preso por uma faixa; abaixo dele, os olhos cinzentos eram frios e inquisitivos. Era a única pessoa que Cassie já vira dar a impressão de usar óculos, quando não usava.

— Esta é Melanie — disse Diana. — Mora aqui na rua, no número 4. Melanie, esta é Cassie Blake... Acaba de se mudar para o número 12. É neta da Sra. Howard.

Aqueles olhos cinzentos e pensativos se viraram para Cassie, depois Melanie assentiu.

— Oi.

— Oi — disse Cassie, feliz por ter tomado um banho e esperando que as roupas de Diana não a deixassem com jeito de boba.

— Melanie é nosso cérebro — disse Diana com ternura. — É incrivelmente inteligente. E sabe tudo sobre computadores.

— Nem tudo — disse Melanie sem sorrir. — Às vezes acho que não sei nada — e olhou para Diana. — Ouvi alguns cochichos sobre a Cassie e algo a ver com a Faye, mas ninguém me contou mais nada.

— Eu sei. Só descobri isso hoje. Talvez eu esteja desligada do que realmente acontece na escola... Mas *você* pelo menos devia ter me contado o que ouviu.

— Não posso travar as batalhas de todo mundo, Diana.

Diana se limitou a olhar para ela, depois balançou de leve a cabeça.

— Cassie, por que não ajuda Laurel com a salada? Vai gostar da Laurel; ela é do mesmo ano que você.

Na cozinha, Laurel estava diante de uma bancada cheia de vegetais, que ela fatiava.

— Diana disse que eu devia te ajudar.

Laurel se virou.

— Que bom! Pode lavar essa bolsa-de-pastor ali... Está fresca, então deve ter alguma vida silvestre nativa rastejando por ela.

Bolsa-de-pastor? Cassie olhou várias pilhas de verduras, sem entender. Era alguma coisa que ela deveria saber?

— Hmmm... Isso? — disse ela, pegando uma folha triangular verde-escura com o outro lado branco feito farinha.

— Não, isso é ançarinha-branca. — Laurel gesticulou com o cotovelo para uma pilha de folhas compridas e finas com bordas irregulares. — Isto é bolsa-de-pastor. Mas pode lavar as duas.

— Já usou... Hmmm, matricária... nas saladas? — perguntou Cassie, hesitante, enquanto lavava. Estava feliz por ter uma contribuição a fazer. Essas meninas eram tão inteligentes, tão competentes, tão *unidas*; ela queria desesperadamente causar uma boa impressão.

Laurel sorriu e assentiu.

— Já, mas é preciso ter cuidado para não comer demais; pode ficar com urticárias. A matricária também é boa para outras coisas; dá um bom unguento para picada de insetos e para o amor... — Laurel se interrompeu de repente e entrou num alvoroço de fatiar. — Olha, esta pimpinela está pronta. É bom ter verduras frescas, sabia? — acrescentou ela rapidamente —, porque elas têm um sabor melhor e ainda estão cheias de vida da Mãe Terra.

Cassie a olhou com cautela. Talvez essa menina não batesse muito bem da cabeça. Cheia de vida da Mãe Terra? Mas de repente ela se lembrou daquele dia em que se encostou no granito vermelho e sentiu um zumbido no fundo. Quando imaginou que sentia isso, aliás. Sim, ela entendia como se podia pensar que plantas recém-colhidas estavam cheias dessa vida.

— Tudo bem, aqui acabou. Pode dizer a Di e a Melanie que está pronto. Vou pegar uns pratos — disse Laurel.

Cassie voltou à espaçosa sala da frente. Melanie e Diana estavam absortas numa conversa e nenhuma das duas viu Cassie chegando por trás.

— ... pegando a garota como um cachorrinho de rua. Você sempre faz isso — dizia Melanie com sinceridade, e Diana ouvia de braços cruzados. — Mas o que vai acontecer depois...?

Ela parou quando Diana viu Cassie e tocou seu braço.

— Está pronto — disse Cassie, sem jeito. Será que estavam falando dela? Chamando-a de cachorrinho de rua? Mas não foi Diana que falou isso; só Melanie. Cassie disse a si mesma que não ligava para o que Melanie pensava.

Mas os olhos cinzentos e frios de Melanie não eram hostis quando a olhou enquanto comiam a salada. Eram só... cuidadosos. E quando a pizza chegou, Cassie teve de admirar a facilidade com que as outras três meninas riam e conversavam com o jovem entregador universitário. Ele ficou tão interessado em Melanie que praticamente se convidou a entrar, mas Diana, rindo, fechou a porta na cara dele.

Depois disso, Melanie contou várias histórias divertidas sobre sua viagem ao Canadá no verão, e Cassie quase se esqueceu da observação que ela fizera. Era tão bom estar cercada de uma conversa tranquila e simpática; não se sentia excluída. E estar ali a convite de Diana, vendo-a sorrir para ela... Cassie ainda nem acreditava nisso.

Quando estava se preparando para ir embora, porém, Cassie levou um choque. Diana lhe entregou uma pilha arrumada de roupas — o suéter cinza não mostrava vestígios de fuligem — e disse:

— Vou levá-la em casa. Não se preocupe com o carro da sua avó. Se me der a chave, vou dizer a Chris Henderson para levá-lo a sua casa.

Cassie ficou paralisada no ato de lhe entregar a chave.

— Henderson? Quer dizer... Quer dizer um dos irmãos Henderson.

Diana sorriu ao abrir o Integra.

— Então você já ouviu falar deles. O Chris é legal, só é meio doido. Não se preocupe.

Enquanto seguiam de carro, Cassie se lembrou de que o cara que brincou de jogar sua mochila se chamava Doug, e não Chris. Mas ainda não conseguia evitar o alarme.

— Todo mundo se conhece na Crowhaven Road — explicou Diana num tom reconfortante. — Está vendo, aqui é a casa de Laurel, depois vem a de Faye. As crianças que cresceram juntas aqui permanecem meio unidas. Vai ficar tudo bem.

— Permanecem unidas? — Cassie teve uma ideia repentina e perturbadora.

— Sim — a voz de Diana era deliberadamente leve. — Temos uma espécie de clube...

— O Clube? — Cassie ficou tão horrorizada que a interrompeu. — Quero dizer... Você também é dele? Você, Laurel e Melanie?

— Hmmm... — disse Diana. — Bem, chegamos a sua casa. Vou te ligar amanhã... Talvez eu possa vir até aqui. E podemos dividir o carro para irmos à escola na segunda... — parou de falar quando viu a expressão de Cassie. — O que foi, Cassie? — disse ela com gentileza.

Cassie balançava a cabeça.

— Não sei... Sim, eu *sei*. Eu te disse que ouvi Faye, Suzan e Deborah conversando no primeiro dia de aula... Que foi assim que todos os problemas começaram. Ouvi o tipo de coisas que elas diziam e sei que elas são do Clube. E foi tão horrível... Não vejo como *você* pode estar num clube desses, com elas.

— Não é o que você pensa... — a voz gentil de Diana falhou. — E eu não posso explicar tudo. Mas vou te dizer uma coisa... Não julgue o Clube pela Faye. Embora também haja muita bondade em Faye, se você procurar por isso.

Cassie pensou que, para achar, teria de procurar com um microscópio de varredura eletrônica. Depois de um instante, ela disse isso.

Diana riu.

— Não, é sério. Eu a conheço desde que éramos bebês. Todos nos conhecemos há muito tempo aqui.

— Mas... — Cassie olhou para ela, preocupada. — Você não tem medo dela? Não acha que ela pode tentar fazer alguma coisa horrível com você?

— Não — disse Diana. — Não acho. Primeiro, ela é... Ela fez um tipo de promessa de que não faria. E segundo —

olhou para Cassie quase se desculpando, embora um sorriso brincasse no canto dos lábios —, bem, não me odeie, mas Faye por acaso é minha prima em primeiro grau.

Cassie ofegou.

— Somos quase todos primos aqui — disse Diana com brandura. — Às vezes de segundo ou terceiro grau e essas coisas, mas muitos até mais próximos. Aqui está um chá de ervas que Laurel fez para mim no verão — acrescentou ela, colocando algo na mão de Cassie. — Beba um pouco à noite, se tiver problemas para dormir. Deve ajudar. A gente se vê amanhã de manhã.

Quando Diana apareceu à porta, seu cabelo estava penteado com uma trança longa e requintada. Caía como uma borla de seda. Tinha em uma das mãos um pacote de folhas secas de cheiro bom embrulhadas em gaze de algodão.

— Você disse que sua mãe estava gripada, então eu trouxe um chá para ela. Faz bem para tosse e resfriados. Experimentou o chá que te dei ontem à noite?

Cassie assentiu.

— Eu nem acreditei. Fui dormir direto e acordei hoje de manhã me sentindo ótima. O que tinha nele?

— Bem, primeiro, gatária — disse Diana, depois sorriu com a reação de Cassie. — Não se preocupe; não tem o mesmo efeito em gatos e humanos. É apenas relaxante.

Era isso que Diana fazia naquela primeira manhã em que Cassie a viu? Preparava um chá? Cassie não se atreveria a confessar que a espionara naquele dia, mas ficou satisfeita quando Diana disse que gostaria de fazer o chá e daria à mãe de Cassie pessoalmente.

— É um simples elixir de ervas medicinais e pedras preciosas para resfriados — disse ela em voz baixa à Sra. Blake, e havia alguma coisa de tranquilizadora em sua voz. A mãe de Cassie hesitou por um momento, depois pegou a xícara. Provou, levantou a cabeça e sorriu para Diana. Cassie sentiu-se toda entusiasmada.

Até o rosto velho e enrugado da avó de Cassie se abriu num sorriso ao ver Diana quando passou no corredor pelas duas meninas a caminho do quarto de Cassie.

— Deve ser ótimo ter uma avó assim — disse Diana. — Ela certamente tem um monte de histórias antigas para contar.

Cassie ficou aliviada. Tinha medo de que Diana não conseguisse deixar de ver a verruga, a corcunda e o cabelo áspero e grisalho.

— Ela é mesmo ótima — disse ela, maravilhando-se com a mudança em sua própria atitude desde que chegou, quando viu a figura na porta. — E é ótimo finalmente conhecê-la, porque ela é a única parente que me resta. Todos os meus outros avós morreram.

— Os meus também — disse Diana. — E minha mãe também. É triste, porque eu sempre quis uma irmã mais nova, mas minha mãe morreu no ano em que eu nasci e meu pai nunca se casou de novo, então não houve chance nenhuma.

— Eu também queria ter uma irmã — murmurou Cassie. Houve um silêncio. Depois Diana se manifestou.

— Este quarto é bonito.

— Eu sei — disse Cassie, olhando a mobília imensa e brilhante, as cortinas formais e as cadeiras duras. — É bonito, mas parece um museu. Isso é tudo que eu tinha, que foi enviado da minha casa. — Ela apontou uma pilha de pertences no canto. — Tentei espalhar por aqui, mas tive medo de arranhar ou quebrar alguma coisa.

Diana riu.

— Eu não me preocuparia. Essas coisas suportaram os últimos trezentos anos; vão aguentar mais tempo. Você só precisa arrumar o quarto para que as suas coisas combinem com ele. A gente pode tentar no fim de semana que vem... Sei que Laurel e Melanie ajudariam. Seria divertido.

Cassie pensou no quarto iluminado, arejado e harmonioso de Diana e sentiu uma onda de esperança. Se seu quarto pudesse ficar com *metade* da aparência daquele, ela ficaria feliz.

— Você tem sido muito legal comigo — desabafou ela, depois estremeceu e colocou a mão na testa. — Sei que isso parece incrivelmente idiota — disse ela, desamparada —, mas é a verdade. Quero dizer, você está fazendo tudo isso por mim e eu nem retribuí com nada. E... Eu nem entendo por que você *quer* agir assim.

Diana olhava o mar pela janela. Ele rolava e faiscava, refletindo o céu azul, claro e radiante de setembro.

— Eu já te disse — falou ela, e sorriu. — Acho que *você* é legal. Você foi generosa ajudando Sally daquela maneira, e corajosa ao enfrentar Faye. Admiro isso. E além de tudo — acrescentou ela, dando de ombros —, eu *gosto* de fazer amizade com as pessoas. Não sinto que não recebo nada em troca. Sempre me pergunto por que as pessoas são tão legais *comigo*.

Cassie olhou para Diana, sentada perto da janela com o sol se derramando sobre ela, criando-lhe um halo de luz. O cabelo liso parecia literalmente brilhar e seu perfil era perfeito, como um camafeu de entalhe delicado. Será possível que Diana não soubesse?

— Bem, acho que o fato de você sempre tentar encontrar algo de bom em todo mundo pode explicar parte disso — disse Cassie. — Talvez as pessoas não consigam resistir. E o fato de que você não é fútil e realmente se interessa pelo que os outros têm a dizer... E acho que o fato de ser a pessoa mais bonita que já vi na minha vida toda também não prejudica em nada — acrescentou ela por fim.

Diana deu uma gargalhada.

— Lamento que tenha sido criada em meio a gente tão feia — disse ela. Depois ficou séria, olhando de novo pela janela e brincando com o puxador da cortina. — Mas sabe... — disse ela, e pelo tom de voz ela quase parecia tímida.

Depois ela se virou para Cassie, os olhos verdes brilhando tanto que lhe tirou o fôlego.

— Sabe, é engraçado como nós duas queríamos irmãs e nenhuma de nós tem — disse ela. — E desde que eu te vi no prédio de ciências... Bom, eu quase *senti* que você era minha irmã mais nova. Parece estranho, mas é verdade.

Não parecia estranho a Cassie. Desde que vira Diana, ela sentia que as duas tinham algum tipo de ligação.

— E... sei lá; sinto que posso *falar* com você, de alguma maneira. Ainda mais do que com Melanie e Laurel, embora a gente tenha acabado de se conhecer. Sinto que você me entende e que... posso confiar em você.

— Pode mesmo — disse Cassie em voz baixa, mas com uma intensidade que surpreendeu até a si própria. — Também não sei por que, mas você *pode* confiar em mim, haja o que houver.

— Então, se você quiser... — Diana franzia um pouco a testa, mordendo o lábio, ainda de olhos baixos enquanto pregueava o tecido da cortina. — Bom... Eu estava pensando que talvez possamos ser como irmãs adotivas. Como se uma adotasse a outra. Assim eu teria uma irmã mais nova e você, uma mais velha. Mas só se quiser — acrescentou ela rapidamente, levantando a cabeça de novo.

Se eu quero? O problema de Cassie era que ela não sabia o que fazer — se abraçava Diana, se dançava pelo quarto, dava uma gargalhada ou caía em prantos.

— Isso seria bom — conseguiu dizer depois de um minuto. E então, com o coração quase como se cantando, ela sorriu para Diana, timidamente, mas olhando-a nos olhos. — Não, isso seria... ótimo.

— Você parece melhor esta manhã, mãe — disse Cassie. A mãe, sentada na beira da cama, sorriu para ela.

— Foi uma gripe forte, mas *estou* melhor agora — disse ela. — E você... parece mais feliz, meu amor.

— E estou — disse Cassie, largando um beijo rápido no rosto da mãe. Nem sabe o quanto, pensou ela.

Esta manhã foi quase como o primeiro dia de aula, pela expectativa e empolgação. Não me importaria se todo mundo na escola me odiasse, pensou Cassie. Diana estará lá. Bastava pensar nisso para que o resto não importasse em nada.

Diana estava particularmente bonita naquele dia, com um casaco de camurça verde forrado de seda azul por cima de jeans muito desbotados. No pescoço tinha um colar com uma pedra num pingente simples, uma pedra leitosa com um brilho branco-azulado. Cassie teve orgulho de andar ao lado dela na escola.

E nos corredores ela percebeu uma coisa estranha. Era difícil dar três passos sem ser parada por alguém.

"Oh, oi, Diana... tem um minuto?" "Diana! Estou tão feliz em vê-la..." "Diana, isso está me matando. Você nem vai *pensar* sobre este fim de semana?" (Partindo de um garoto.) Praticamente todo mundo por quem as duas passavam queria falar com Diana, e os que não tinham alguma coisa a dizer ficavam zanzando em volta, escutando.

Cassie viu Diana falar com cada um deles. Os meninos que a convidavam para sair eram os únicos que ela dispensava, sorrindo. Algumas pessoas lançavam olhares nervosos a Cassie, mas nenhuma recuou nem disse nada de desagradável. Ao que parecia, Diana tinha o poder de neutralizar até mesmo Faye.

Por fim, alguns minutos antes do sinal, Diana se afastou da turma e acompanhou Cassie até a aula de inglês. Não só entrou, como se sentou em uma carteira ao lado de Cassie e conversou com ela, ignorando todos que as olhavam.

— Vamos fazer outra festinha de pizza esta semana — disse ela desembaraçada e com um tom de voz sugestivo. — E Laurel e eu conversamos sobre as maneiras de redecorar seu quarto, se ainda quiser isso. Laurel é muito talentosa. E eu acho de verdade que você devia se transferir para minha turma de história avançada, se puder. É no último tempo, e a professora, a Srta. Lanning, é ótima...

Ela falava sem parar, ao que parecia sem dar a mínima para o resto da turma. Mas Cassie sentia algo borbulhando por dentro, como o gás de uma garrafa de refrigerante. As meninas que lhe deram as costas e fugiram dela na semana anterior agora ouviam avidamente o monólogo de Diana, assentindo, como se participassem da conversa.

— Bem, é melhor eu ir... A gente se vê às 11h15 para almoçar — disse Diana.

— Onde? — perguntou Cassie, quase entrando em pânico enquanto Diana se levantava. Tinha acabado de perceber que nunca vira Diana; nem Laurel e Melanie no almoço.

— Ah, na cantina... na parte de trás. Atrás da porta de vidro. Chamamos de sala dos fundos. Tchau — disse Diana. As meninas em volta de Cassie trocaram olhares, espantadas. Enquanto Diana saía, uma delas falou.

— Vai comer na sala dos fundos? — perguntou ela, com inveja.

— Acho que sim — disse Cassie, distraída, olhando Diana.

— Mas... — Outro olhar entre as meninas. — Você é do Clube? — concluiu uma delas.

Cassie se sentiu pouco à vontade.

— Não... Na verdade, não. Sou só amiga de Diana.

Uma pausa. Depois as meninas recostaram, confusas, mas ainda impressionadas.

Cassie mal percebeu. Olhava a porta e a menina que entrava assim que Diana saía.

Faye também estava particularmente bonita essa manhã. O cabelo preto parecia rebelde e brilhoso, a pele clara cintilava. Os lábios mais sensuais do que nunca, destacados por um novo tom de batom cor de cereja. Estava com um suéter vermelho que evidenciava cada curva do corpo.

Ela parou à porta, bloqueando-a, então trocou um olhar com Diana.

Foi um olhar demorado, de avaliação, olhos dourados velados fixos nos verdes. Nenhuma das duas disse nada, mas o ar entre elas quase estalava de eletricidade. Cassie praticamente *sentia* as duas vontades fortes num combate pelo domínio ali. Por fim, foi Faye quem deu um passo para o lado, mas gesticulou para Diana pela porta com um floreio irônico que parecia mais desdenhoso do que cortês. E enquanto Diana passava, Faye falou por sobre o ombro, sem se virar para olhar.

— O que ela disse? — perguntou uma das meninas a Cassie.

— Não deu para ouvir — disse Cassie.

Mas era mentira. Ela ouvira bem. Só não entendera. Faye dissera: "Vença a batalha; perca a guerra".

No almoço, Cassie se perguntou como não tinha visto antes a sala dos fundos da cantina. Ela entendeu, porém, por que Diana e os amigos não viram *Cassie* — a entrada da sala dos fundos ficava tomada de gente. As pessoas paravam por ali, gente com esperança de ser convidada a entrar, ou só zanzando pela margem. Bloqueavam qualquer visão da cantina para os que se sentavam em seu interior.

Era fácil entender por que esta sala era o local de reunião preferido. Havia uma TV instalada numa parede, embora estivesse barulhento demais para ser ouvida. Havia até um micro-ondas e uma máquina de sucos Veryfine. Cassie ficou ciente de que a olhavam ao entrar e se sentar ao lado de Diana, mas hoje eram olhares de inveja.

Melanie e Laurel estavam ali. E também Sean, o garoto baixo e furtivo que insistiu para que ela fosse ao diretor. E o cara com cabelo loiro desgrenhado e olhos azul-esverdeados meio oblíquos — ah, meu Deus, um dos irmãos Henderson. Cassie tentou não parecer assustada ao olhar para ele enquanto Diana assentia para ele e dizia: "Este é Christopher Henderson... Chris, cumprimente-a; esta é Cassie. Você levou o Golf branco dela".

O loiro se virou e a encarou, na defensiva.

— Eu nunca toquei nele. Nem o vi, tá legal? Estava em outro lugar.

Diana e Melanie trocaram um olhar paciente.

— Chris — disse Diana —, do que está falando?

— Do Golf dessa garota. Eu não peguei. Não gosto desse esporte. Somos todos irmãos, tá legal?

Diana o encarou por um momento, depois balançou a cabeça.

— Volta para o seu almoço, Chris. Deixa pra lá.

Chris franziu a testa, deu de ombros, depois se virou para Sean.

— Aí, tem uma banda nova, a Cholera, tá sabendo, e eles têm um disco novo...

— Alguém levou meu carro — disse Cassie, insegura.

— Foi ele — disse Laurel. — Só não tem boa memória para a realidade. Mas entende muito de música.

Sean, Cassie percebeu, agia de maneira diferente ali do que se comparado ao seu comportamento perto dos armários. Estava excessivamente educado, parecendo ansioso por agradar, e sempre se oferecendo para pegar coisas para as meninas. Elas o tratavam como a um irmão mais novo meio irritante. Ele e Laurel eram os únicos do penúltimo ano, além de Cassie.

Estavam conversando havia alguns minutos quando uma cabeça meio ruiva apareceu na porta. Suzan parecia nervosa.

— A Deborah ficou de castigo no almoço, e Faye saiu para fazer uma coisa, então eu vou comer aqui — anunciou ela.

Diana levantou a cabeça.

— Tudo bem — disse ela tranquilamente, depois acrescentou: — Esta é minha amiga Cassie, Suzan. Cassie, esta é Suzan Whittier.

— Oi — disse Cassie, tentando parecer relaxada.

Houve um instante de tensão. Depois Suzan revirou os olhos azuis.

— Oi — disse por fim, e logo se sentou e começou a tirar coisas de seu saco do almoço.

Cassie viu Suzan pegar a comida, depois lançou uma olhada rápida a Laurel. Em seguida olhou para Diana e ergueu as sobrancelhas, inquisitiva.

Ela ouviu o amassar de plástico enquanto Suzan pegava o último item do saco; depois um grito estridente de Laurel.

— Ah, meu Deus... Você *não* vai comer isso! Sabe o que tem nessas coisas, Suzan? Gordura de boi, banha de porco, óleo de coco... E tem cerca de cinquenta por cento de açúcar refinado...

Diana mordia o lábio, e Cassie tremia em silêncio, tentando manter a expressão séria. Até que foi demais e ela teve de deixar escapar o riso. Assim que riu, Diana também deu uma gargalhada.

Todos as olharam, confusos.

Cassie sorriu para seu sanduíche de atum. Depois de tantas semanas de solidão, encontrara seu lugar. Era amiga de Diana, irmã adotiva de Diana. Seu lugar ali era ao lado dela.

10

Naquela sexta-feira, Kori foi almoçar na sala dos fundos. Parecia ter medo das meninas mais velhas e até foi distraidamente respeitosa com Cassie, o que pareceu legal. Sem dúvida Suzan e Deborah não tinham esse respeito. A loira meio ruiva demonstrava não dar pela existência de Cassie, a não ser que quisesse que passassem ou pegassem alguma coisa dela, e a motoqueira fixava um olhar carrancudo em Cassie sempre que se cruzavam no corredor. Deborah e Doug — o outro irmão Henderson — só apareceram na sala dos fundos uma vez desde que Cassie começou a comer ali, e passaram o tempo todo discutindo furiosamente sobre uma banda de heavy metal.

Nem Faye nem Nick, o garoto bonito, moreno e frio que resgatou a mochila de Cassie, apareceram aquela semana toda.

Mas Kori Henderson era gente boa. Agora que Cassie sabia, podia ver a semelhança com Chris e Doug — o cabelo loiro e os olhos verde-azulados que Kori destacava com um colar e um anel de turquesa o tempo todo. Mas Kori não era rebelde como os irmãos. Parecia só uma menina comum e simpática que caminhava para seus 15 anos.

— Estou esperando por isso há tanto tempo que nem acredito que finalmente está chegando — dizia ela no final do almoço. — Quero dizer, pense bem, terça-feira que vem é o dia! E papai disse que podemos fazer a festa na praia... Ou pelo menos ele não disse que *não podia*... E eu quero que seja especial de verdade, porque é um feriado também... — Ela se interrompeu de repente. Cassie, seguindo seu olhar, viu que Diana tinha o lábio preso entre os dentes e balançava a cabeça quase imperceptivelmente.

O que Kori disse de errado?, perguntou-se Cassie. Depois ela entendeu: esta era a primeira vez que ouvia falar numa festa, embora claramente não fosse novidade para os outros. Ela não seria convidada?

— E aí, é... acha que Adam vai voltar a tempo para... para... Quero dizer, quando é que você acha que o Adam vai voltar? — Kori gaguejou.

— Não sei direito. Espero que seja logo, mas... — Diana deu um pouco de ombros. — Quem sabe? Quem pode saber?

— Quem é Adam? — disse Cassie, decidida a mostrar que não se importava com a festa.

— Quer dizer que ela ainda não te falou do Adam? Diana, isso é levar o recato longe demais — disse Melanie, os olhos cinzentos e frios incrédulos.

A cor apareceu no rosto de Diana.

— Não houve tempo... — começou ela, e Laurel e Melanie vaiaram.

Cassie ficou surpresa. Nunca vira Diana reagir assim.

— Mas, é sério — disse ela. — Quem é ele? É seu namorado?

— Só desde que eram crianças — disse Laurel. — Eles estão juntos há séculos.

— Mas *onde* ele está? Na faculdade? Como ele é?

— Não, ele só está... visitando umas pessoas — disse Diana. — É do último ano, mas este ano ficou fora, até recentemente. E quanto a como ele é... Bem, ele é legal. Acho que vai gostar dele — sorriu.

Cassie olhou para Laurel para ter mais informações. Laurel agitou um palito de abobrinha.

— Adam é...

Kori disse:

— Sim, ele é...

Nem Melanie parecia encontrar as palavras certas.

— Terá de conhecê-lo — disse ela.

Cassie ficou intrigada.

— Tem uma foto dele? — perguntou ela a Diana.

— Na realidade, não tenho — disse Diana. Vendo a decepção de Cassie, ela continuou: — Sabe o que é, as pessoas daqui têm uma espécie de superstição boba com fotografias... Não gostam delas. Assim, muitos de nós não tiram fotos.

Cassie tentou fingir que isso não era esquisito como pensava. Como os aborígenes, pensou ela assombrada. Achando que a câmera vai roubar sua alma. Como alguém do século XX pode pensar assim?

— Mas ele é um fofo — dizia Kori com fervor.

Suzan, que estivera distraída com a comida, levantou a cabeça do prato para proclamar num tom cheio afetado:

— Aquele *corpo*.

— Aqueles *olhos* — disse Laurel.

— É melhor irem devagar — disse Melanie, sorrindo. — Vão deixar a Diana doida antes que ele consiga voltar.

— Doida o bastante para dar uma chance a outro, quem sabe? — Sean se intrometeu. As meninas trocaram um olhar compreensivo.

— Talvez, Sean... Um dia desses, no próximo milênio — disse Laurel. Mas sendo uma menina gentil, ela não disse isso muito alto.

Parecendo se divertir, Melanie explicou a Cassie:

— Adam e Diana nem mesmo *veem* alguém do sexo oposto, só um ao outro. Durante anos, Adam achou que todas nós, fora Diana, fôssemos meninos.

— O que, no caso de Suzan, exige muita imaginação — acrescentou Lauren.

Suzan fungou e olhou o peito achatado de Laurel.

— E no caso de algumas pessoas não exige imaginação nenhuma.

— E você, Cassie? — Diana interrompeu antes que começasse uma discussão. — Deixou algum namorado na sua cidade?

— Não — disse Cassie. — Mas teve um cara, nesse verão. Ele era... — e parou. Não queria contar a história na frente de Suzan. — Ele era meio... perfeito. Mas então, como foi o encontro de Faye com Jeffrey? — perguntou ela a Suzan abruptamente.

O olhar de Suzan dizia que não seria enganada pela mudança repentina de assunto, mas ela também não conseguiu deixar de responder.

— O peixe mordeu a isca — disse ela com um sorriso malicioso. — Agora ela só precisa puxar a linha.

Então o sinal tocou, e não se conversou mais sobre namorados ou encontros. Mas Cassie percebeu algo no olhar de Diana — um jeito sonhador, terno e melancólico — que permaneceu pelo resto do dia.

Depois da aula, Diana e Cassie voltaram juntas de carro à Crowhaven Road. Enquanto passavam pela casa dos Henderson — uma das que estavam em pior estado —, Cassie percebeu que Diana mordia o lábio. Era um sinal certo de que a menina mais velha estava preocupada com alguma coisa.

Cassie pensou saber o que era.

— Eu não me importo com a festa de Kori — disse ela, em voz baixa, e Diana a olhou, surpresa. — Não me importo — insistiu Cassie. — Nem mesmo conheço direito a Kori. A única vez em que a vi antes foi quando ela ficou com Faye na escada. Qual é o problema? — acrescentou ela enquanto Diana aparentava uma surpresa ainda maior.

— Kori estava almoçando com Faye e as outras no dia em que você as ouviu conversar?

— Estava... Bem, ela apareceu quando as três quase tinham terminado o almoço. Havia todo um grupo de alunos, mas ela foi a única que Faye deixou ficar. Faye disse...

— Faye disse o quê? — Diana perecia resignada.

— Ela disse, "pensei que ia comer na cantina com os outros santinhos". — Cassie deixou de fora a parte da Princesa Puritana.

— Hmmm. E o que Kori respondeu?

Cassie ficou pouco à vontade.

— Disse alguma coisa sobre bondade demais ser chato. Ela não ficou muito tempo ali. Acho que Faye e Suzan estavam tentando constrangê-la.

— Hmmmm — disse Diana. Ela mordia o lábio de novo.

— De qualquer maneira — continuou Cassie —, eu *não* me importo por não ser convidada para a festa dela, mas você acha... Bem, acha que há uma chance de um dia eu também fazer parte do Clube?

Os olhos verdes de Diana se arregalaram um pouquinho.

— Ah, Cassie. Mas não vai *querer* isso — disse ela.

— Sei que eu disse coisas na semana passada que deram essa impressão. Mas você me disse para não julgar o Clube por Faye, e agora não estou julgando. E eu gosto de você, de Melanie, Laurel e Kori... E mais ou menos de Suzan. Até de Chris Henderson. Então eu pensei que talvez... — deixou a frase esmorecer delicadamente. Sentiu o coração bater mais rápido.

— Não foi o que eu quis dizer — respondeu Diana. — Quis dizer que não vai querer porque você quer voltar para a Califórnia, assim que puder. É a verdade, não é? Você disse que pretendia fazer faculdade lá.

— Bem, sim, um dia, mas... — Cassie *dissera mesmo* isso, naquela primeira noite na casa de Diana. Agora não tinha mais tanta certeza, mas não sabia explicar. — O que uma coisa tem a ver com a outra? — disse ela. — Quero dizer, entrar para o Clube significa ficar aqui pelo resto da vida?

Os olhos de Diana estavam na estrada.

— É difícil de explicar — disse ela suavemente. — E de qualquer forma... Bem, acho que o número de integrantes é meio limitado.

De repente Cassie se lembrou das palavras de Deborah depois que Kori saiu naquele dia. *Uma vaga, uma candidata, sabia?* E Kori fazia parte do bairro. Fora criada ali. Chris e Doug eram irmãos dela. Ela não era uma estranha aceita só porque Diana insistia, um cachorrinho apanhado na rua.

— Eu entendo — disse Cassie. Ela tentou dar a entender que estava tudo bem, como se não importasse. Mas importava. E muito.

— Não, não entende — murmurou Diana. — Mas acho que é melhor assim. É realmente melhor, Cassie, pode acreditar.

— Ah, não — disse Diana. — Estou sem fita adesiva. Deve ter rolado para baixo do banco do carro. Fique aqui; não há por que nós duas voltarmos. — Ela se virou e correu para o estacionamento.

Elas chegaram cedo naquela manhã. Diana levou uma faixa que ela e Laurel pintaram, "Feliz Aniversário, Kori". Ia pendurar acima da entrada principal da escola, e Cassie se oferecera para ajudar. Cassie pensou que seria um gesto particularmente nobre e altruísta, considerando que ela nem fora convidada à festa de Kori. Também mostrava que ela realmente não se importava.

Agora ela olhava o alto da entrada principal do prédio da escola que a matara de medo duas semanas antes.

Duas semanas. A primeira semana ela passou como uma pária, uma proscrita, perigosa demais para que alguém se dirigisse a ela porque podia atrair a ira de Faye. Mas na segunda semana...

Diana, ela refletiu, não influenciava as pessoas brigando com elas. Fazia de uma forma muito mais sutil, com amor. Parecia incrivelmente idiota e piegas como um cartão de Natal, mas era a verdade. Todos amavam Diana — meninas e meninos —, e a maioria pisaria em carvão em brasa por ela. Como "irmã mais nova" adotiva de Diana, Cassie de imediato adquiriu status muito além de qualquer coisa que realizasse sozinha. Agora andava com a turma mais descolada da escola — e, embora não fizesse parte dela inteiramente, só quem estava mesmo no grupo sabia disso.

Você é *quase* uma de nós. Ela ouviu as palavras de Faye a Kori em sua mente de novo. Bem, hoje era aniversário de Kori, e hoje Kori *faria* parte deles. Hoje Kori entraria para o Clube.

E Cassie jamais entraria.

Cassie deu de ombros, tentando afugentar a ideia, mas um tremor a tomou. Ela se abraçou, segurando-se pelos cotovelos. Estava mais frio do que costumava ser no final de setembro. Laurel e Melanie falaram no fim de semana sobre o equinócio de outono, que também era hoje. Melanie explicara que era o dia em que o número de horas do dia e da noite se equilibravam, o que significava o início do outono. Cassie imaginou que certamente faria frio. Todos disseram que as folhas logo começariam a cair.

Melanie e Laurel entraram numa discussão séria sobre o equinócio. Parecia terrivelmente importante para elas, embora Cassie não conseguisse ver exatamente o porquê. Era outro dos pequenos mistérios sobre os moradores de New Salem que começavam a incomodar Cassie.

Ela tremeu de novo e começou a andar, esfregando os braços.

A colina se espalhava abaixo. Cassie foi até o alto da escada e ficou ali parada, balançando-se. Era um dia claro e fresco, e, misturado a todo o verde luxuriante a sua volta, ela via umas cores de outono aqui e ali. Os arbustos junto à rua — como foi que Laurel os chamara? Sumagre. O sumagre pela rua já estava ficando vermelho. E parte dos bordos-açucareiros adquirira um tom amarelo dourado, e havia mais vermelho no pé da colina...

Cassie franziu a testa e se esqueceu de esfregar os braços. Deu um ou dois passos para baixo e se curvou para a frente, olhando de novo. O vermelho no pé da colina era quase vermelho *demais*, vivo demais. Ela nunca soube que uma folhagem adquirisse essa cor. Não era natural.

Um forte tremor passou pelo seu corpo. Meu Deus, estava frio. Quem quer que estivesse lá embaixo parecia meio oculto pelos arbustos, mas não era uma planta, concluiu ela. Mais parecia um suéter que alguém jogara fora.

Vai ficar destruído, largado no terreno úmido daquele jeito, pensou Cassie. O dono não ia ficar nada satisfeito.

Ela desceu outro passo. É claro que já devia estar arruinado — ou talvez fosse só um trapo que alguém largara ali.

Mas não parecia um trapo. Tinha *forma* — Cassie via o que parecia o braço de um suéter. Na verdade, parecia todo um monte de roupas. Está vendo, havia uma coisa parecida com jeans por baixo...

De repente Cassie não conseguiu respirar.

Que estranho... É mesmo esquisito, porque quase parece uma pessoa. Mas isso seria idiotice — o chão está frio e molhado. Qualquer um que se deitasse ali, congelaria...

Ela agora descia a escada rapidamente.

Chega a ser idiota, mas parecia muito *mesmo* uma pessoa. Olhe só, tem pernas. Aquele amarelo pode ser um cabelo. Deve ter dormido — mas quem dormiria assim? Bem do lado da rua. É claro que o mato e tudo mais dão proteção...

Ela agora estava muito perto e a cena entrara em câmera lenta — tudo, exceto seus pensamentos, que giravam sem parar.

Ah, graças a Deus... Não é uma pessoa; é só um boneco. Como um daqueles espantalhos de palha que fazem no Halloween para assustar as pessoas. Viu, está todo dobrado no meio... Nenhuma *pessoa* pode se curvar assim... O pescoço parece o da boneca no meu armário. Como se alguém tivesse puxado a cabeça para fora...

O corpo da própria Cassie teve uma reação estranha. Seu peito subia e descia e os músculos tremiam. Os joelhos tremiam tanto que ela mal conseguia ficar de pé. E sua visão falhava nas bordas como se ela estivesse prestes a desmaiar.

Graças a Deus, não é uma pessoa — mas ah, meu Deus, isso é uma *mão*? Os bonecos não têm mãos assim... Não mãos com dedos mínimos rosados... E bonecos não usam anéis, com uma turquesa...

Mas onde foi que ela viu um anel igual?

Olhe mais de perto; não, não olhe, não olhe...

Mas ela viu. A mão, rígida como uma garra, era humana. E o anel era de Kori.

Cassie só percebeu que gritava quando estava a meio caminho colina acima. Suas pernas, que tremiam tanto, a levavam aos saltos. E ela gritava sem parar: "Socorro, socorro, socorro." Só que eram gritinhos patéticos — não admirava que ninguém a ouvisse. Era como um daqueles pesadelos em que as cordas vocais ficam paralisadas.

Mas alguém tinha ouvido. Enquanto ela chegava ao topo da colina, Diana apareceu, correndo. Pegou Cassie pelos ombros.

— Que foi?

— Kori! — Cassie ofegava numa voz estrangulada. Mal conseguia falar. — Diana... Ajude a Kori! Ela se machucou. Tem alguma coisa errada... — Ela sabia que havia mais de uma coisa errada, mas não tinha coragem de pronunciar as palavras. — Ajude-a, por favor...

— Onde? — Diana a interrompeu incisivamente.

— Lá embaixo. No pé da colina. Mas não desça — Cassie estava ofegante, as palavras não tinham lógica nenhuma. Ah, meu Deus, ela estava desmoronando completamente. Não conseguia enfrentar isso — mas também não podia deixar que Diana descesse ali sozinha.

Diana voava escada abaixo. Com as pernas rígidas, Cassie a seguiu. Viu Diana chegar ao pé da colina e hesitar, depois ajoelhar-se rapidamente e se curvar para a frente.

— Ela está...? — As mãos de Cassie estavam cerradas.

Diana endireitou o corpo. Cassie viu a resposta na postura de seus ombros.

— Ela está fria. Está morta.

Depois Diana se virou. Seu rosto era lívido, os olhos verdes ardiam. Algo em sua expressão deu forças a Cassie, e ela desceu trôpega os últimos dois degraus, abraçando-a.

Sentia Diana tremer, agarrando-se a ela. Kori era amiga de Diana, e não dela.

— Vai ficar tudo bem. Vai ficar tudo bem — ofegava ela, de novo incoerente. Não havia como isso ficar bem, nunca. E, sem parar, a mente de Cassie evocava outras palavras.

Um dia vão encontrar você *no pé dessa escada, de pescoço quebrado. Um dia vão encontrar você...*

O pescoço de Kori estava quebrado.

Foi o que o disse o perito. Depois que Cassie e Diana voltaram a subir a escada, tudo naquele dia pareceu um sonho. Os adultos apareceram e assumiram a situação. Funcionários da escola, policiais, o perito. Fizeram perguntas. Tomaram notas em blocos. Durante esse tempo todo, os alunos da escola ficaram de lado e olharam. Não faziam parte do processo dos adultos. Tinham suas próprias indagações.

— O que estamos esperando? Por que não a *pegamos*? — dizia Deborah enquanto Cassie entrava na sala dos fundos. Não era seu horário de almoço, mas todas as regras pareciam ter sido suspensas nesse dia.

— Todas nós a ouvimos dizer isso — continuava Deborah. — Suzan, Faye e eu... Até *ela* ouviu. — Ela gesticulou para Cassie, que tentava pegar uma lata de suco na máquina, num torpor. — Aquela vaca disse que ia fazer isso, e fez. Então, o que estamos esperando?

— A verdade — disse Melanie em voz baixa e com frieza.

— *Deles*? Dos marginais? Não pode estar falando sério. Eles nunca vão admitir que Sally fez isso. A polícia está dizendo que foi um acidente. Um acidente! Nenhum sinal de luta, disseram. Ela escorregou num degrau molhado. E você sabe o que os alunos estão dizendo? Estão dizendo que foi um de *nós*!

Laurel levantou a cabeça da água quente que servia sobre algumas folhas secas numa xícara. A ponta de seu nariz estava rosada.

— Talvez *tenha mesmo* sido um de nós — disse ela.

— Tipo quem? — Deborah rebateu, furiosa.

— Tipo alguém que não a queria no Clube. Alguém que tem medo de que ela passasse para o lado errado — disse Laurel.

— E todo mundo sabe que lado seria temerário — disse uma nova voz, e Cassie se virou rapidamente, quase deixando o suco cair.

Era Faye. Cassie nunca a viu na sala dos fundos, mas agora ali estava ela, com os olhos cor de mel velados e ardentes.

— Bem, o lado de Diana certamente não tem nada de temerário — disse Laurel. — Kori idolatrava Diana.

— É mesmo? Então por que ela ficou na semana passada almoçando *comigo*? — disse Faye em sua voz lenta e rouca.

Laurel olhou, parecendo insegura. Depois seu rosto se desanuviou e ela balançou a cabeça.

— Não me importa o que você diga; nunca vai me fazer acreditar que Diana machucaria Kori.

— Ela tem razão — acrescentou Suzan, para surpresa de Cassie. — Diana não faria isso.

— Além do mais, já sabemos quem *faria* — disse Deborah incisivamente. — Foi Sally... Ou talvez o namorado idiota dela. Acho que a gente deve pegar os dois... Agora!

— Ela tem razão — disse Sean.

Laurel olhou para ele, depois para Deborah, em seguida para Faye.

— O que você acha, Melanie? — disse ela, afinal.

A voz de Melanie ainda era baixa e distante.

— Acho que precisamos ter uma reunião — disse ela.

Sean concordou com a cabeça e conclui:

— *Ela* tem razão — disse ele.

Neste momento Diana entrou. Os irmãos Henderson estavam atrás dela. Os dois pareciam arrasados — e desnorteados. Como se não conseguissem entender como isso pôde ter acontecido com eles. Os olhos de Chris estavam avermelhados.

Todos se aquietaram ao verem os irmãos. Fez-se silêncio enquanto eles se sentavam à mesa.

Depois Faye se virou para Diana. Seus olhos dourados pareciam duas chamas de ouro.

— Sente-se — disse ela sem rodeios. — Precisamos conversar.

— Sim — disse Diana.

Ela se sentou, e o mesmo fez Faye. Laurel, depois de colocar duas xícaras de líquido quente na frente dos irmãos Henderson, fez o mesmo. Deborah puxou uma cadeira e se jogou nela. Suzan e Melanie já estavam sentadas.

Todos se viraram para Cassie.

Tinham uma expressão estranha. Diferente. A expressão normalmente travessa de Laurel estava fechada. Os olhos cinzentos e frios de Melanie pareciam mais distantes do que nunca; os lábios em bico de Suzan estavam cerrados com força; a ferocidade de Deborah mal era controlada. Até a expressão normalmente furtiva de Sean tinha uma dignidade sem precedentes. Diana estava pálida e severa.

A porta de vidro se abriu e Nick entrou. Seu rosto era como uma pedra fria e bonita, sem nada revelar, mas ele se sentou à mesa ao lado de Doug.

Cassie era a única na sala a ficar de pé. Ela olhou para eles, os membros do Clube, e eles a olharam. Ninguém precisou dizer nada. Ela se virou e saiu da sala.

11

Cassie não sabia para onde ir. A escola tentava seguir com as aulas, embora talvez houvesse mais alunos fora do que dentro das salas. Estavam nos corredores, nas escadas, zanzando perto da entrada principal. Cassie olhou perplexa para um relógio e foi para a aula de ciências: física teórica. Poderia ligar para a mãe e ir para casa, se quisesse, mas não queria enfrentá-la agora. Só queria fingir ser normal.

Enquanto se sentava tomando notas ininteligíveis, sentia os olhares nela. Teve a estranha sensação de que era transportada no tempo de volta a duas semanas antes, quando Faye a havia rejeitado. Mas depois da aula ela viu a diferença. As pessoas vinham a ela e murmuravam, "Você está bem?" e "Como você está?". Pareciam pouco à vontade — como se não *quisessem* falar com ela, mas achassem que era melhor assim. Depois da última aula, houve mais algumas visitas: as pessoas apareciam aos grupos de dois ou três para dizer, "Eu sinto muito" ou "Só queria que você soubesse que também vamos sentir falta dela".

A verdade lhe ocorreu de repente e ela quase riu da ironia. Eram condolências! Cassie representava o Clube. Todos esses *marginais* a procuravam sem perceber que ela estava tão de fora quanto qualquer um deles.

Quando uma animadora de torcida apareceu e disse: "Ah, deve ser *tão* difícil para você", Cassie perdeu as estribeiras.

— Eu nem a conhecia! — explodiu. — Só falei com ela uma vez na vida!

A menina recuou apressadamente. Depois disso, as condolências pararam. A Srta. Lanning, professora de história, levou Cassie para casa. Ela se livrou do interrogatório preocupado da mãe — ao que parecia, a escola telefonara para explicar o que tinha acontecido — e foi para fora. Desceu o penhasco íngreme até a praia, abaixo da casa da avó.

O mar nunca lhe parecera mais sombrio. Era de um prateado pesado e brilhante — como o mercúrio num termômetro. O dia, que começara tão luminoso, estava nublado e escurecia cada vez mais à medida que Cassie andava.

E andava sem parar. Esta praia era uma das boas coisas de se morar ali — mas que bem fazia agora? Cassie andava por ela sozinha.

Seu peito queimava. Era como se todos os terríveis acontecimentos do dia estivessem presos nela, lutando para sair. Mas não tinha alívio.

Ela pensou que ser uma pária na escola era a pior coisa que podia lhe acontecer. Mas pior era *quase* pertencer a um lugar e saber no fundo que não pertencia e jamais pertenceria. Ela sabia que era egoísmo se importar consigo mesma depois do que aconteceu com Kori, mas não conseguia evitar. Com toda a fúria de confusão e dor que sentia, quase *invejava* Kori. Ela estava morta, mas ainda pertencia a New Salem. Tinha um lugar.

Cassie, por outro lado, nunca se sentiu mais solitária.

O céu era de um cinza escuro. O mar se estendia interminável abaixo dele, ainda mais escuro. Olhando o mar, Cassie sentiu um fascínio estranho e terrível. Se começasse a andar em direção a ele e continuasse andando...

Pare com isso!, pensou ela sentindo-se louca. Contenha-se. Mas seria tão fácil...

Sim, e depois você ficaria realmente só. Sozinha para sempre, no escuro. Parece bom, Cassie?

Tremendo violentamente, ela se afastou das águas cinzentas e sussurrantes. Seus pés estavam dormentes e frios, e os dedos pareciam gelo. Ela cambaleava ao subir a trilha estreita e rochosa.

Naquela noite, Cassie fechou todas as cortinas de seu quarto para não ter de ver o mar ou o escuro do lado de fora. Com o peito doendo, abriu a caixa de joias e pegou o pedaço de calcedônia.

Já faz algum tempo que não pego seu presente. Mas eu pensei em você. O que quer que eu faça, onde quer que esteja, você está em algum lugar na minha mente. E, ah, como eu queria...

Sua mão tremeu enquanto fechava os olhos e colocava a pedra nos lábios. Sentiu a familiar aspereza cristalina, a frieza da pedra esquentando com seu calor. Sua respiração se acelerou e as lágrimas encheram os olhos. Ah, um dia, um dia, pensou ela...

Depois a boca se retorceu de dor. Uma onda de algo como lava se acumulava no peito e ela jogou a pedra com a maior força que pôde do outro lado do quarto. Bateu na parede com um ruído agudo e caiu, tinindo, no chão.

Um dia coisa nenhuma!, exclamou a voz cruel dentro dela. Pare de se enganar! Você *nunca mais* o verá.

Ela se deitou na cama com os olhos doloridos no escuro, iluminado por uma pequena lâmpada noturna na parede oposta. Não conseguia chorar. Todas as lágrimas secaram. Mas seu coração dava a impressão de que ia se rasgar.

Cassie sonhava com o mar — o mar escuro e infinito. O barco tinha problemas — ela ouvia a madeira estalando. Eles estavam encalhando. E alguma coisa se perdia... Se perdia...

Ela acordou de repente, puxando o ar. Era um barulho?

Com o corpo tenso, ela escutou. Silêncio. Seus olhos se esforçaram para enxergar na escuridão. A lâmpada noturna tinha se apagado.

Por que não lhe ocorreu ter medo antes? O que havia de errado com ela esta noite? Ela foi à praia sozinha, sem jamais se perguntar se a pessoa que matara Kori podia estar observando, esperando...

Acidente, pensou ela, cada sentido alerta e tenso. Disseram que foi um acidente. Mas seu coração martelava vertiginosamente. Ela parecia ver luzes cintilantes no escuro. E podia *sentir*...

Uma presença. Como uma sombra diante dela. Ah, Deus, ela *podia* sentir. Era uma pressão na pele, como uma radiação de frio. Havia algo em seu quarto.

Seus olhos fitavam a completa escuridão, o corpo tremia de tensão. Embora parecesse loucura, ela teve a ideia desvairada de que se não se mexesse, não produzisse um som, a coisa não poderia encontrá-la.

Mas estava enganada.

Cassie ouviu um farfalhar, um avanço furtivo. Depois um estalo inconfundível do piso.

Vinha na direção dela.

De repente ela conseguiu se mexer. Puxou o ar para soltar um grito — e houve uma correria no escuro e algo cobriu sua boca.

Rapidamente, tudo mudou. Antes, havia quietude, agora era um movimento vertiginoso. Ela lutava. Não adiantava nada; seus braços eram agarrados e estavam sendo presos. Algo mais prendera seus pés.

Cassie estava sendo enrolada. Enrolada no lençol. Não conseguia se mexer. Os braços estavam presos no tecido. Ela tentava chutar, mas os pés também pareciam aprisionados.

Sentiu que era erguida. Não conseguia gritar; estava sufocando. Algo estava acima de sua cabeça, asfixiando-a. E o mais terrível era o silêncio, o completo e contínuo silêncio. O que a pegou era silencioso como um fantasma.

Como um fantasma... E ela mesma era agora embrulhada numa mortalha. Pensamentos desvairados disparavam pela mente de Cassie.

Tiravam-na do quarto. Levavam-na para baixo — saindo da casa. Estavam levando Cassie para fora, para enterrá-la.

Ela invejara Kori — agora ia se juntar a ela. Iam colocá-la debaixo da terra — ou no mar. Frenética, ela tentou se debater, mas o tecido impedia, estava apertado demais.

Cassie nunca teve tanto medo.

Mas com o tempo, a violência de seu pânico inicial a esgotou. Era como lutar contra uma camisa-de-força; sua luta só servia para cansá-la. E lhe dar calor. Ela sufocava e sentia tanto calor... Se pelo menos pudesse respirar...

Ofegante, Cassie sentiu o corpo ficar mole. Nos minutos seguintes toda sua concentração se voltou para conseguir ar. Depois, lentamente, recomeçou a pensar.

Mãos humanas? Ou... Imagens tomavam sua mente. Imagens de filmes de terror. Mãos esqueléticas que mal eram cobertas por carne já seca. Mãos sombrias com os sabugos das unhas cianóticos de morte. Mãos mutiladas, mãos tumulares...

Ah, meu Deus, por favor... Eu vou enlouquecer. Por favor, que isso pare ou vou morrer. Vou morrer de terror. Ninguém pode ficar tão apavorado e sobreviver.

Mas não era tão fácil morrer, afinal. Não parava, e ela ia viver. Era como um pesadelo, mas Cassie sabia que não estava dormindo. Ela podia rezar o quanto quisesse, mas não acordaria.

Depois tudo parou.

Não estava mais sendo carregada; era segurada. Depois a viraram... Suas pernas chutaram e tocaram o chão. Ela foi colocada de pé. O lençol foi desenrolado; ela sentiu uma brisa nas pernas e a bainha da camisola batia nelas. Os braços estavam livres.

Fraca, ela tateou e seus pulsos foram apanhados e presos por trás. Ainda não enxergava nada. Algo estava sobre sua cabeça, algum tipo de capuz. Estava quente ali dentro, e ela respirava o próprio gás carbônico. Cassie se balançou, querendo chutar, lutar de novo, sabendo que não tinha forças.

E então, bem atrás, Cassie ouviu um som que mudou tudo.

Era um riso.

Lento e farto. Mas com um tom amargo.

Inconfundível.

Faye.

Cassie pensou que tinha sentido medo antes. Imaginou fantasmas e mortos-vivos vindo arrastá-la para a terra com eles. Mas todos aqueles temores loucos e sobrenaturais não eram nada comparados com o tipo de terror que sentia agora.

Num instante de cegueira, juntou as peças. Faye matou Kori. Como mataria Cassie agora.

— Ande — disse Faye, e Cassie sentiu um empurrão no meio das costas. Suas mãos foram amarradas para trás. Ela cambaleou e deu um passo. — Em frente — disse Faye.

Cassie cambaleou outro passo e um braço a segurou. Vinha do lado. Então Faye não estava só. Bem, é claro que não; não podia ter carregado Cassie sozinha.

Cassie nunca tinha percebido o quanto era importante enxergar. Era apavorante ser levada a andar desse jeito, sem parar, no nada. Pelo que ela sabia, Faye podia levá-la diretamente para um penhasco.

Não, não para um penhasco. Não estavam numa escarpa; estavam na praia. Embora ela não conseguisse enxergar, agora que o lençol não a prendia mais e os outros sentidos funcionavam, da esquerda vinha o rugido lento e ritmado das ondas. Muito perto. Sob seus pés ela sentia a areia esfarelenta e meio molhada. A brisa que erguia sua camisola nas panturrilhas era fria e fresca. Tinha cheiro de sal e algas.

— Pare.

Cassie obedeceu automaticamente. Tentou engolir e descobriu que a boca parecia ter cola por dentro.

— Faye... — conseguiu dizer.

— Silêncio! — a voz era cáustica, não mais indolente. Como um felino com as garras à mostra. Uma pressão repentina em seu pescoço fez Cassie enrijecer: alguém tinha segurado a base do capuz e o apertava, num alerta. — Não fale, a não ser que seja solicitada. Não se mova, a não ser que alguém mande. Entendeu?

Num torpor, Cassie assentiu.

— Agora dê um passo para a frente. Vire para a esquerda. Pare. Fique onde está. Não faça nem um ruído.

Mãos se mexiam na nuca de Cassie. Depois houve a gloriosa lufada de ar frio quando o capuz era levantado. A luz explodiu nela e Cassie encarou assombrada a cena fantástica que tinha diante dos olhos.

Preto e branco, foi seu primeiro pensamento. Tudo era inteiramente preto e branco, como uma cena na superfície da lua.

Mas ali estava a lua diante dela. De um branco puro, acabara de nascer, formando uma crescente perfeita acima do mar. Este era preto como o céu, a não ser pela espuma branca e espectral das ondas. E diante disso postava-se uma figura que parecia brilhar com uma luz clara.

Diana?

Ela estava com um manto branco e fino que deixava os braços expostos. No antebraço havia uma pulseira larga de prata com uma gravação estranha. Na testa havia uma espécie de diadema com um crescente lunar, as pontas viradas para cima. O cabelo comprido, solto nas costas, parecia ondular ao luar.

Em sua mão, havia uma adaga.

Com uma nitidez apavorante, Cassie agora se lembrava do sonho que teve com a mãe e a avó em seu quarto. Sacrifício, uma delas disse. Era por isso que ela estava ali naquele momento? Um sacrifício?

Hipnotizada, Cassie olhou a lâmina da adaga, refletindo a luz da lua. Depois olhou no rosto de Diana.

Eu nunca teria acreditado... Não, eu não teria acreditado que você ajudaria Faye nisso. Mas você está aqui, com uma faca. Estou vendo. Como não consigo acreditar em meus olhos?

— Vire-se — disse uma voz.

Cassie sentiu o corpo se virar.

Um círculo estava traçado na areia, um círculo grande. Dentro e fora dele havia velas, presas na areia. A cera derretia ali. As velas eram de todos os tamanhos, todas as cores. Algumas pareciam queimar havia algum tempo, pela quantidade de cera empoçada e pelo modo como se curvavam. Cada chama dançava na leve brisa.

Dentro do círculo estavam os integrantes do Clube. A mente apavorada de Cassie registrou relances de rostos e nada mais, como clarões vistos num raio. Os mesmos rostos que ela vira se reunirem à mesa da sala dos fundos naquela tarde. Orgulho. Beleza. Estranheza.

Faye era um deles. Estava toda de preto. E se o cabelo de Diana parecia ondular de luz da lua, o dela ondulava de trevas.

Diana passou por Cassie e entrou no círculo. De repente Cassie percebeu que o aro desenhado na areia não estava completo. Havia um espaço no canto nordeste, bem diante de seus pés.

Ela estava parada fora do círculo.

Assustada, seus olhos procuraram os de Diana. A expressão de Diana não revelava nada; seu rosto era pálido e distante. O coração de Cassie, que estivera batendo vagarosamente, agora adquiria velocidade.

Diana falou, a voz clara e musical, mas não falava com Cassie.

— Quem a desafia?

A voz gutural de Faye se ergueu em resposta.

— Eu.

Cassie só viu a adaga quando Faye a segurou em seu pescoço. Ela a furou, pressionando-a de leve na altura da traqueia, e Cassie sentiu os olhos se arregalarem. Tentou ficar inteiramente imóvel. Os olhos enigmáticos e velados de Faye estavam fixos nos dela. Havia uma espécie de prazer feroz em seu íntimo, e o mesmo calor que Cassie vira no prédio de ciências quando Faye a ameaçara com o fogo.

Faye abriu seu sorriso lento e assustador e a pressão da lâmina no pescoço de Cassie aumentou.

— Eu a desafio — disse Faye a Cassie. — Se houver algum medo em seu coração, será melhor se atirar nesta adaga do que continuar. E o que vai ser, Cassie? — acrescentou ela, a voz caindo a um murmúrio indolente e íntimo que mal podia ser ouvido pelos outros. — *Existe* algum medo em seu coração? Cuidado com a resposta que dará.

Espantada, Cassie só olhava. Medo em seu coração? Como *não* haveria medo em seu coração? Eles fizeram tudo o que podiam para apavorá-la — *é claro* que havia medo em seu coração.

Depois, movendo apenas os olhos, direcionou o olhar para Diana.

Cassie se lembrou de Laurel na sala dos fundos naquele dia, depois que Faye implicou que Diana podia ter algo a ver com a morte de Kori. Laurel pareceu confusa por um momento, depois seu rosto se desanuviou e ela disse: "Não me importa o que você diga; nunca vai me fazer acreditar que Diana machucaria Kori".

Isso era fé, pensou Cassie. Acreditar, independentemente das circunstâncias. Teria ela a mesma fé em Diana?

Sim, pensou Cassie, ainda olhando nos olhos verdes e firmes de Diana. Eu tenho.

Então eu poderia confiar nela, independentemente das circunstâncias? O bastante para não ter mais medo?

A resposta tinha de vir de dentro. Cassie procurou em sua mente, tentando achar a verdade. Tudo que acontecera esta noite — eles a arrastarem para fora da cama, a carregarem para lá sem nenhuma explicação, a faca, o caráter estranho de toda a cerimônia — tudo parecia ruim. E alguém *tinha* matado Kori...

Eu confio em você, Diana.

Esta foi a resposta que ela encontrou no fundo de sua mente. Eu confio em você. Apesar de tudo isso, independentemente do que pareça, eu confio em você.

Ela olhou novamente para Faye, que ainda tinha um sorriso de felino. Fitando bem naqueles olhos cor de mel, Cassie disse com clareza.

— Continue. Não há medo em meu coração.

Mesmo enquanto dizia isso, ela sentiu os sintomas do terror abandonarem seu corpo. A fraqueza, a vertigem, o coração aos saltos. Ela se postou reta, embora suas mãos ainda estivessem amarradas às costas e a ponta da adaga ainda estivesse em seu pescoço.

Algo lampejou nos olhos de Faye. Algo parecido com um respeito amargurado. Seu sorriso mudou e ela assentiu quase imperceptivelmente. No instante seguinte as sobrancelhas negras estavam erguidas com ironia enquanto ela falava.

— Então dê um passo para dentro — convidou ela.

Bem para a frente? Para a lâmina da adaga? Cassie se recusou a tirar os olhos daqueles dourados diante dela. Ela hesitou por um instante, depois avançou um passo.

A lâmina foi afastada diante dela. Cassie sentia um filete mínimo de umidade em seu pescoço enquanto ela se retirava e Faye recuava um passo.

Depois ela baixou os olhos. Estava dentro do círculo.

Diana pegou a adaga de Faye e foi para o espaço no círculo atrás de Cassie. Passando a faca na areia, ela cobriu o hiato, completando o círculo. Cassie teve uma estranha sensação de encerramento, de algo se confirmando. Como se uma porta se trancasse às suas costas. E como se o que estivesse dentro do círculo fosse diferente de qualquer coisa de fora dele.

— Venha para o centro — disse Diana.

Cassie tentou andar o mais ereta possível. O manto de Diana, agora podia ver, era aberto de um lado até os quadris. Havia algo na coxa bem feita de Diana. Uma liga? Era o que parecia. Como as fitas de renda ornamentais que uma noiva usa para jogar num casamento. Só que era feita de alguma coisa parecida com camurça verde e forrada de seda azul. Tinha uma fivela de prata.

— Vire-se — ordenou Diana.

Cassie teve esperanças de que a corda que amarrava seus pulsos fosse cortada. Mas em vez disso sentiu mãos nos seus ombros, girando-a cada vez mais rápido. Ela era rodada e empurrada de um lado a outro, de uma pessoa a outra. Por um instante o pânico a tomou de novo. Estava tonta, desorientada. Com as mãos atadas, não conseguiria se segurar se caísse. E aquela faca estava em algum lugar por ali...

Deixe rolar. Relaxe, disse ela a si mesma. E, como que por mágica, seu medo se dissolveu. Ela se deixou ser empurrada de um a outro. Se caísse, paciência.

Mãos a seguraram, colocando-a de frente para Diana de novo. Ela estava um tanto sem fôlego e o mundo girava, mas tentou se aprumar.

— Você foi desafiada e passou no teste — informou Diana, e agora havia um sorrisinho nos olhos verdes de Diana, embora seus lábios fossem sérios. — Agora está disposta a fazer o juramento?

Jurar o quê? Mas Cassie assentiu.

— Jura ser leal ao Círculo? Jamais prejudicar ninguém que pertença a ele? Jura proteger e defender os que pertencem a ele, mesmo que custe sua própria vida?

Cassie engoliu em seco. Depois, tentando manter a voz equilibrada, disse:

— Juro.

— Jura jamais revelar os segredos que aprender, a não ser a uma pessoa adequada, dentro de um círculo corretamente preparado como este em que se encontra agora? Jura guardar esses segredos de todos os estranhos, amigos e inimigos, mesmo que custe sua vida?

— Juro — sussurrou Cassie.

— Pelo mar, pela lua, por seu próprio sangue, você jura?

— Sim.

— Diga eu juro.

— Eu juro.

— Ela foi desafiada e testada, e fez o juramento — disse Diana, recuando um passo e falando aos outros. — E agora, uma vez que todos no Círculo concordam, apelo aos Poderes que olhem por ela.

Diana ergueu a adaga no alto, apontando a lâmina para o céu. Depois apontou para o leste, para o mar, em seguida para o sul, depois para o penhasco oeste, e então para o norte. Por fim, apontou para Cassie. As palavras que pronunciou ao fazer isso provocou um choque que percorreu sua coluna:

Terra e água, fogo e ar,
Vejam sua filha que aqui está.
Pelas sombras da lua e a luz solar,
Como desejo, que vá se realizar.

Por desafio, teste, sagrado juramento,
Que do Círculo agora ela seja elemento.
Carne e tendões, sangue e ossos,
Cassie agora é...

— Mas *nem todos* nós concordamos — interrompeu uma voz raivosa. — Ainda não acho que ela seja uma de nós. Não acho que um dia possa ser.

12

Diana se virou rispidamente para Deborah.

— Não pode interromper o ritual!

— Nem deveria *haver* um ritual — rebateu furiosa Deborah, com a expressão sombria e intensa.

— Você concordou na reunião...

— Concordei que tínhamos de fazer o que fosse preciso para nos fortalecer. Mas... — Deborah parou e fez uma carranca.

— Mas é possível que alguns de nós não tenham acreditado que ela passou nos testes — interpretou Faye, sorrindo.

A face de Diana estava pálida e furiosa. O diadema que usava parecia lhe dar mais estatura, e assim ela parecia mais alta até do que Faye. O luar brilhava em seu cabelo como na lâmina da faca.

— Mas ela *passou* nos testes — disse Diana com frieza. — E agora você interrompeu um ritual... Rompeu... Enquanto eu apelava aos Poderes. Espero que tenha um motivo melhor que este.

— Eu *vou* lhe dar um motivo — disse Deborah. — Ela não é realmente uma de nós. A mãe se casou com um marginal.

— E o que quer fazer? — disse Diana. — Quer que nunca tenhamos um Círculo verdadeiro? Sabe que precisamos de 12 para conseguir alguma coisa. O que devíamos fazer, esperar até que seus pais... ou os Henderson... tenham outro filho? Nenhum de nós nem mesmo tem os dois pais vivos. Não. — Diana se virou para olhar os outros integrantes do grupo, que se colocavam no perímetro interno do círculo. — Somos os últimos — disse-lhes ela. — A última geração no Novo Mundo. E se não pudermos completar o Círculo, tudo terminará aqui. Conosco.

Melanie falou. Estava com roupas comuns sob um xale de franjas verde-claras que parecia ao mesmo tempo surrado e frágil, como se fosse muito antigo.

— Nossos pais e avós gostariam disto — disse ela. — Eles querem que deixemos tudo no passado, como eles fizeram e os pais *deles* também. Eles não querem que desencavemos as antigas tradições e despertemos os Poderes Antigos.

— Eles têm medo — disse Deborah com desdém.

— Ficarão felizes se não conseguirmos completar o Círculo — disse Melanie. — Mas é isso o que *nós* queremos? — Ela olhou para Faye.

Faye murmurou com frieza.

— Cada um, individualmente, pode fazer muita coisa sozinho.

— Ah, tenha dó — Laurel se intrometeu. — Não como um verdadeiro Círculo. A não ser — acrescentou ela —, que *alguém* esteja planejando se apoderar das Chaves Mestras e usá-las sozinha.

Faye lhe abriu um sorriso lento e deslumbrante.

— Não sou *eu* que procuro as chaves perdidas — disse ela.

— Estamos fugindo do assunto — disse Diana asperamente. — A questão é, queremos completar o Círculo ou não?

— *Queremos* — disse um dos irmãos Henderson. Não, Chris, Cassie se corrigiu. De repente ela conseguia distinguir os dois. Ambos estavam pálidos e metalizados à luz da lua, mas os olhos de Chris eram menos selvagens. — Vamos fazer o que for preciso para descobrir quem matou Kori — concluiu Chris.

— E cuidar deles — acrescentou Doug. Ele fez o gesto de quem esfaqueia.

— Então precisamos de um Círculo completo — disse Melanie. — Uma décima segunda pessoa e uma sétima menina. Cassie reúne as duas coisas.

— E passou nos testes — repetiu Diana. — A mãe dela era uma de nós. Ela foi embora, é verdade, mas agora voltou. E nos trouxe a filha justo quando precisávamos dela. Exatamente quando precisávamos dela.

A obstinação ainda se demorava nos olhos de Deborah.

— Quem disse que ela pode usar os Poderes? — perguntou ela.

— Eu digo — respondeu Diana com firmeza. — Posso sentir nela.

— E eu também — disse Faye inesperadamente. Deborah se virou para olhá-la e ela sorriu com sinceridade.

— Eu diria que ela pode invocar a Terra e o Fogo, pelo menos — continuou Faye, enlouquecedoramente mansa. — Ela pode até se provar um talento e tanto.

E por que, Cassie se perguntou meio tonta, isso deixava os pelos de sua nuca eriçados?

As sobrancelhas de Diana se uniram enquanto ela olhava longa e inquisitivamente para Faye. Mas ela se virou para Deborah.

— Isto satisfaz a sua objeção?

Passou-se um segundo. Depois Deborah assentiu, mal-humorada, e recuou.

— Então — disse Diana, com uma educação tranquila que parecia se sobrepor a uma raiva gélida — podemos continuar com isso, por favor?

Todos se afastaram enquanto ela voltava a sua posição. Mais uma vez ela ergueu a adaga ao céu, depois aos pontos cardeais, depois para Cassie. Mais uma vez pronunciou as palavras que provocaram arrepios na coluna de Cassie, mas desta vez ela as concluiu sem interrupções.

Terra e água, fogo e ar,
Vejam sua filha que aqui está.
Pelo escuro da lua e a luz solar,
Como desejo, que vá se realizar.

Por desafio, teste e sagrado juramento,
Que do Círculo agora ela seja elemento.
Carne e tendões, sangue e ossos,
Cassie agora é um dos nossos.

— Pronto — disse Laurel suavemente por trás de Cassie. — Você está dentro.

Dentro. Estou dentro. Cassie sabia, com uma alegria desvairada, que nada mais seria igual.

— Cassie.

Diana abria o colar de prata que usava. Os olhos de Cassie foram atraídos ao pingente de lua crescente. Era parecido com o do diadema, Cassie percebeu — e com a tatuagem de Deborah.

— Isto é um símbolo — disse Diana, fechando a corrente no pescoço de Cassie — de seu ingresso no Círculo.

Depois ela abraçou Cassie. Não foi um gesto espontâneo; mais parecia um ritual. Em seguida virou Cassie para os outros e disse:

— Os Poderes a aceitaram. Eu a aceitei. Agora cada um de vocês deve fazer o mesmo.

Laurel foi a primeira a avançar. Sua expressão era séria, mas havia uma cordialidade e uma amizade genuínas nas profundezas de seus olhos castanhos. Ela abraçou Cassie, depois a beijou de leve no rosto.

— Fico feliz por ser uma de nós — sussurrou ela e recuou, o cabelo comprido e castanho-claro esvoaçando de leve na brisa.

— Obrigada — sussurrou Cassie.

Melanie foi a seguinte. Seu abraço foi mais formal e seus olhos cinzentos, frios e intelectuais ainda intimidavam Cassie. Mas, quando ela disse "Bem-vinda ao Clube", pareceu sincera.

Deborah, por sua vez, estava rabugenta ao avançar, e abraçou Cassie como se tentasse quebrar uma ou duas costelas. Não disse nada.

Sean se apressou para ser o próximo, demonstrando ansiedade. Seu abraço foi um pouco longo e íntimo demais para o gosto de Cassie, e ela terminou tendo de se livrar dele. Ele disse:

— Estou feliz por ter entrado — com os olhos fixos em sua camisola de um jeito que fez Cassie ter desejado estar de pijama de flanela em vez de algodão leve.

— Deu para perceber — disse ela a meia-voz enquanto ele recuava, e Diana, parada ao lado dela, teve de morder o lábio.

Em circunstâncias normais, os irmãos Henderson podiam ter feito até pior. Mas esta noite não pareciam se importar se era uma menina ou um bloco de madeira que abraçavam. Abraçaram Cassie mecanicamente e recuaram para continuar observando com uma expressão zangada e distante.

E foi a vez de Nick.

Cassie sentiu algo por dentro se apertar. Não era exatamente como se ela se sentisse atraída por ele, mas... Não conseguiu deixar de sentir um leve tremor quando o olhou. Ele era tão bonito, e a frieza que o cercava como uma camada fina de gelo escuro só parecia melhorar sua aparência. Ele ficou afastado e observou toda a cerimônia com enorme desligamento, como se nada daquilo o afetasse, de um jeito ou de outro.

Até seu abraço foi indiferente. Assexuado. Como se apenas reproduzisse os movimentos enquanto pensava em outra coisa. Mas seus braços eram fortes — é claro, pensou Cassie. Qualquer homem que tivesse um "acordo" com Faye teria de ser forte.

Suzan cheirava a perfume e, quando beijou o rosto de Cassie, ela teve certeza de ter ficado com uma mancha de batom cereja. Abraçá-la era como abraçar um travesseiro aromático.

Por fim, foi a vez de Faye. Seus olhos de pálpebras pesadas cintilavam enigmaticamente, como se ela soubesse do embaraço de Cassie e gostasse disso. Cassie só estava ciente do peso de Faye e do quanto queria fugir. Teve uma convicção apavorada de que Faye ia fazer alguma coisa terrível...

Mas Faye simplesmente murmurou, ao recuar:

— Então o ratinho de laboratório é mais durão do que parece. Eu estava apostando que você nem duraria a cerimônia toda.

— Eu não sabia se ia durar — murmurou Cassie. Ela queria desesperadamente se sentar e organizar os pensamentos. Aconteceu tanta coisa, e tão rápido... Mas ela estava dentro. Até Faye a aceitou. Este fato não podia ser alterado.

— Muito bem — disse Diana em voz baixa. — Está concluído o ritual de iniciação. Normalmente, depois disso, damos uma festa ou coisa assim, mas... — olhou para Cassie e levantou as mãos. Cassie assentiu. Uma festa não seria nada adequada esta noite. — Então acho que podemos dispensar formalmente o Círculo, mas continuar e ter uma reunião comum. Assim podemos informar a Cassie o que ela precisa saber.

Houve gestos de concordância com a cabeça no círculo e um suspiro coletivo de alívio. Diana pegou um pouco de areia e cobriu a linha traçada na praia. Os outros fizeram o mesmo, cada um pegando um punhado e deixando escorrer para que o contorno do círculo fosse borrado, apagado. Depois se distribuíram em meio às velas ainda acesas, alguns sentados na areia, outros em formações rochosas. Nick continuou de pé, com um cigarro na boca.

Diana esperou até que todos se aquietassem e olhassem para ela, depois se virou para Cassie. Seu rosto estava sério e os olhos verdes, sinceros.

— Agora que é uma de nós... — disse ela simplesmente — acho que está na hora de lhe dizer o que somos.

Cassie prendeu a respiração. Tantas coisas estranhas tinham acontecido com ela desde que chegou a New Salem, e agora estava prestes a ouvir uma explicação. Mas estranhamente ela não sabia se precisava ouvir. Desde que a trouxeram ali esta noite, todo tipo de coisa tinha se organizado em sua mente. Cem pequenas singularidades que ela percebera sobre New Salem, cem pequenos mistérios que ela foi incapaz de resolver. De algum modo, seu cérebro começara a juntar as peças, e agora...

Ela olhou os rostos que a cercavam, iluminados pela lua e pelas velas bruxuleantes.

— Eu acho — disse ela devagar — que já sei. — A sinceridade a impeliu a acrescentar: — Pelo menos uma parte.

— Ah, sim? — Faye ergueu as sobrancelhas. — E por que *você* não *nos* diz, então?

Cassie olhou para Diana, que assentiu.

— Bem, antes de tudo — disse ela lentamente —, sei que vocês não são o Clube do Mickey.

Risos.

— É melhor acreditar nisso — murmurou Deborah. — Também não somos escoteiros.

— Eu sei... — Cassie se interrompeu. — Sei que podem acender fogo sem fósforo. E que não usam matricária só em saladas.

Faye olhou as unhas, parecendo inocente, e Laurel abriu um sorriso melancólico.

— Sei que podem fazer as coisas se mexerem quando não estão vivas.

Desta vez foi Faye quem sorriu. Deborah e Suzan trocaram um olhar presunçoso, e Suzan murmurou:

— Ssssssss...

— Sei que todo mundo tem medo de vocês na escola, até os adultos. Eles têm medo de qualquer um que more na Crowhaven Road.

— Eles terão mais medo — disse Doug Henderson.

— Sei que usam pedras para remover manchas...

— Cristais — murmurou Diana.

— ...e que há algo mais do que folhas de chá em seu chá. E eu sei — Cassie engoliu em seco e continuou, devagar — que vocês podem empurrar uma pessoa sem tocar nela, e fazê-la cair.

Houve um silêncio. Vários olharam para Faye, que tombou a cabeça para trás e ficou observando o mar com os olhos semicerrados.

— Tem razão — disse Diana. — Você aprendeu muito só olhando... E andamos meio relaxados com a segurança. Mas acho que deve ouvir a história toda desde o início.

— *Eu* conto — disse Faye. E quando Diana a olhou em dúvida, ela acrescentou: — Por que não? Gosto de uma boa história. E certamente conheço esta.

— Tudo bem — disse Diana. — Mas pode, por favor, se prender ao assunto? Eu conheço suas histórias, Faye.

— Mas é claro — disse Faye, mansamente. — Agora vejamos, por onde começar? — refletiu por um instante, com a cabeça um pouco de lado, e sorriu. — Era uma vez — disse ela — uma pequena aldeia pitoresca chamada Salem. E era cheia de puritanozinhos pitorescos... Americanos puros, trabalhadores, honestos, corajosos e verdadeiros...

— Faye...

— Como algumas pessoas daqui que todos conhecemos — disse Faye, sem se deixar perturbar pela interrupção.

Ela se levantou, jogando a gloriosa cabeleira preta nas costas, claramente gostando de ser o centro das atenções. O mar, com suas ondas que se quebravam sem parar, formava um fundo perfeito enquanto ela começava a andar de um lado para o outro, a blusa de seda preta escorregando o suficiente para deixar um ombro de fora.

— Esses puritanos eram cheios de pensamentozinhos puros... A maioria deles. Alguns *podiam* ter sido infelizes com sua vidinha de puritanos, só trabalho, sem diversão, vestidos até *aqui* — ela indicou o pescoço —, e com seis horas de igreja aos domingos...

— Faye — disse Diana.

Faye a ignorou.

— E os *vizinhos* — disse ela. — Todos aqueles vizinhos que vigiavam você, fofocavam sobre você, *monitoravam* você para ter certeza de que não estaria com um botão a mais no seu vestido nem sorrindo a caminho de uma reunião. Você precisava ser dócil naquele tempo, manter o olhar baixo e fazer o que mandavam, sem questionar. Se fosse uma mulher, quero dizer. Não tinha permissão para brincar com bonecas porque eram coisas do demônio.

Cassie, fascinada mesmo a contragosto, olhava Faye andar e pensava de novo em felinos selvagens. Enjaulados. Se

Faye vivesse nessa época, pensou Cassie, teria sido um prato cheio.

— E talvez algumas dessas jovens não fossem tão felizes — disse Faye. — Quem sabe? Mas num inverno, algumas se reuniram para dizer a sorte. Elas não deviam fazer isso, é claro. Era *pecado*. Mas fizeram mesmo assim. Uma delas tinha um escravo que veio das Índias Ocidentais e sabia ler a sorte. Isso ajudava a passar aquelas noites longas e tediosas de inverno.

Ela olhou de lado sob os cílios pretos para Nick, como se dissesse que ela própria podia ter sugerido um jeito melhor de passar a noite.

— Mas isso afligia sua mentalidadezinha puritana — continuou Faye, parecendo pesarosa. — Elas se sentiam *culpadas*. E um dia uma delas teve um colapso nervoso. Adoeceu, delirante, e confessou. Depois o segredo foi relevado. E todas as outras jovens foram acusadas. Naquele tempo, não era nada *bom* ser flagrada mexendo com o sobrenatural. Os adultos não *gostavam* disso. Assim, as coitadinhas puritanas tiveram que acusar alguém.

Faye ergueu o dedo longo, de ponta escarlate, apontando para o grupo sentado como uma arma. Parou na frente de Cassie.

Cassie olhou o dedo, depois os olhos de Faye.

— E elas assim fizeram — disse Faye de um jeito agradável. Ela retirou o dedo como se embainhasse uma espada, e continuou. — Apontaram o escravo das Índias Ocidentais, depois algumas velhas que não agradavam a elas. Mulheres com uma má fama na aldeia. E quando apontavam, diziam

— ela parou para dar efeito dramático, e virou o rosto para a lua crescente no céu. Depois voltou a olhar para Cassie. — Elas diziam... *bruxa*.

Uma onda passou pelo grupo, uma onda de agitação, diversão amargurada, exasperação. Cabeças balançavam de repulsa. Cassie sentiu os pelos da nuca formigarem.

— E sabe de uma coisa? — Faye olhou para a plateia, prendendo-a em seu feitiço. Depois sorriu, lentamente, e sussurrou: — Deu certo. Ninguém as culpou por seus jogos de adivinhação. Todos estavam ocupados demais caçando as *bruxas* em seu meio. O único problema — continuou Faye, as sobrancelhas pretas agora erguidas de desdém — era que aqueles puritanos não conseguiam reconhecer uma bruxa nem se caíssem em cima de uma. Procuravam mulheres que fugissem dos padrões, ou que fossem independentes demais, ou... ricas. As bruxas condenadas tinham seus bens terrenos confiscados, e assim podia ser um *negócio* muito lucrativo acusá-las. Mas nesse tempo todo, as verdadeiras bruxas estavam bem debaixo do nariz deles.

"Porque, vejam só — disse Faye suavemente —, havia realmente bruxas em Salem. Não os pobres homens e mulheres acusados. Não pegaram *uma* que fosse. Mas as bruxas estavam lá, e não gostaram do que acontecia. Eles estavam chegando muito perto. Algumas até tentaram impedir os julgamentos de bruxas... Mas isso só tendia a levantar suspeitas. Era perigoso demais até ser amiga de uma das prisioneiras.

Ela parou e houve um silêncio. Os rostos que cercavam Cassie não demonstravam diversão, eram frios e furiosos. Como se essa história fosse algo que ressoasse em seus ossos; não uma história antiga de um passado morto, mas um alerta vivo.

— O que aconteceu? — Cassie perguntou por fim, a própria voz amortecida.

— Às bruxas acusadas? Elas morreram. As de pouca sorte, pelo menos, aquelas que não confessaram. Dezenove foram enforcadas antes que o governador desse um fim a isso. As últimas execuções públicas aconteceram exatamente trezentos anos atrás... Em 22 de setembro, no equinócio de outono, 1692. Não, as pobres bruxas acusadas não tiveram muita sorte. Mas as verdadeiras bruxas... Bem... — Faye sorriu. — As verdadeiras bruxas partiram. Discretamente, é claro. Depois que acabou o alvoroço. Fizeram as malas em silêncio e se mudaram para o norte, fundando a própria aldeia, onde ninguém apontaria dedos porque todos seriam iguais. E chamaram essa pequena aldeia de... — então olhou para Cassie.

— New Salem — disse Cassie. Em sua mente, via a insígnia do prédio da escola. — Incorporada em 1693 — acrescentou ela suavemente.

— Sim. Só um ano depois do fim dos julgamentos. Então veja você, foi assim que nossa cidadezinha foi fundada. Com apenas os 12 membros daquele coven, e suas famílias. Nós — Faye gesticulou graciosamente para o grupo — somos o que resta dos descendentes daquelas 12 famílias. Os únicos descendentes. Enquanto o resto da ralé que você vê por aí na escola e na cidade...

— Como Sally Waltman — intrometeu-se Deborah.

— ... são os descendentes dos criados. *Empregados* — disse Faye com doçura. — Ou gente de fora, "os marginais", que apareceu e teve permissão para morar aqui. Mas aquelas 12 casas na Crowhaven Road são as casas das famílias originais. Nossas famílias. Elas casaram entre si e mantiveram o sangue puro... A maioria, pelo menos. E por fim *nos* geraram.

— Você precisa entender — disse Diana em voz baixa ao lado de Cassie — que parte do que Faye disse é especulação. Não sabemos realmente o que provocou a caça às bruxas em 1692. Mas *sabemos* o que aconteceu com nossos ancestrais porque temos seus diários, seus antigos registros, seus livros de feitiços. Seus Livros das Sombras. — Ela se virou e pegou uma coisa na areia, e Cassie reconheceu o livro que estivera no banco da janela da casa de Diana no dia em que ela limpou seu suéter.

— Isto — disse Diana, erguendo o livro — era de minha trisavó. Ela recebeu da mãe dela, que recebeu da mãe *dela*, e assim por diante. Cada uma delas escreveu nele; registraram os feitiços que fizeram, os rituais, os eventos importantes de sua vida. E cada uma delas legou à geração seguinte.

— Até a época de nossas bisavós, pelo menos — disse Deborah. — Talvez há oitenta ou noventa anos. *Elas* decidiram que a coisa toda era muito assustadora.

— Muito *pecaminosa* — acrescentou Faye, os olhos dourados cintilando.

— Elas esconderam os livros e tentaram esquecer o antigo conhecimento — disse Diana. — Ensinaram aos filhos que era errado ser diferente. Tentaram ser normais, ser como os marginais.

— Elas estavam *erradas* — disse Chris. Ele se curvou para a frente, o queixo cerrado, a cara marcada pela dor. —

Não podemos ser como eles. Kori sabia disso. Ela... — Ele se interrompeu e balançou a cabeça.

— Está tudo bem, Chris — disse Laurel com brandura. — Nós sabemos.

Sean falou com ansiedade, estufando o peito magro.

— Elas esconderam as coisas velhas, mas nós descobrimos — disse ele. — Não aceitaríamos um não como resposta.

— Não, *nós* não aceitaríamos — disse Melanie, lançando um olhar cínico para ele. — É claro que alguns de nós estavam ocupados brincando de Batman enquanto os mais velhos descobriam nossa herança.

— E alguns tinham um pouco mais de talento natural do que outros — acrescentou Faye. Ela abriu os dedos, admirando as unhas vermelhas e compridas. — Um pouco mais de... instinto natural... para invocar os Poderes.

— É verdade — disse Laurel. Ela ergueu as sobrancelhas e olhou para Diana de um jeito revelador. — *Algumas* de nós.

— Todos temos talento — disse Diana. — Começamos a descobrir isso quando éramos muito novos... Bebês, praticamente. Nem nossos pais podiam ignorar. Por um tempo, tentaram impedir que usássemos, mas a maioria teve de desistir.

— Alguns até nos ajudaram — disse Laurel. — Como a minha avó. Mas ainda conseguíamos a maior parte do que precisávamos nos livros antigos. — Cassie pensou na própria avó. Será que ela tentou ajudar Cassie? Tinha certeza que sim.

— Ou de nossa própria cabeça — disse Doug. Ele abriu um sorriso louco e bonito e por um momento parecia de novo o menino que passou disparado pelos corredores de patins. — É instinto, entendeu? Puro instinto. É *primitivo*.

— Nossos pais odeiam isso — disse Suzan. — Meu pai diz que vamos criar problemas com os marginais. Disse que os marginais vão *nos pegar*.

Os dentes de Doug mostraram-se brancos ao luar.

— Nós é que vamos pegá-los — disse ele.

— Eles não entendem — disse Diana suavemente. — Mesmo entre nós há quem não perceba que os Poderes podem ser usados para o bem. Mas somos os únicos que podem invocar os Poderes, e *nós* sabemos. É isto o que importa.

Laurel assentiu.

— Minha avó diz que sempre haverá marginais que nos odeiam. Não há nada que possamos fazer, a não ser tentar ficar longe deles.

Cassie pensou de repente no diretor segurando a boneca enforcada pelas costas do vestido. *Que oportuno*, disse ele. Bem, não admira... Se ele já pensava que ela era um deles. Depois sua mente parou de girar.

— Quero dizer — disse ela — que até os adultos sabem o que vocês... o que *nós* somos? Adultos marginais?

— Só os daqui — disse Diana. — Os que foram criados na ilha. Eles sabiam há séculos... Mas sempre guardaram segredo. Se quiserem viver aqui, precisam fazer isso. É assim que as coisas são.

— Nas últimas gerações, as relações foram muito boas entre nosso povo e os marginais — disse Melanie. — É o que dizem nossos avós, de qualquer forma. Mas agora temos de agitar as coisas. Os marginais não podem guardar segredo para sempre. Podem tentar fazer alguma coisa para nos impedir...

— Podem? Eles já fazem — disse Deborah. — O que acha que aconteceu com Kori?

Logo vozes se elevaram num tagarelar enquanto os irmãos Henderson, Sean, Suzan e Deborah explodiram numa discussão. Diana ergueu a mão.

— Já basta! Não é hora para isso — disse ela. — O que aconteceu com Kori é uma das coisas que nosso Círculo terá de descobrir. Agora que estamos completos, talvez possamos fazer isso. Mas não esta noite. E como sou a líder...

— Líder *temporária*. Até novembro — acrescentou Faye asperamente.

— Como sou a líder *temporária*, vamos fazer as coisas quando eu disser e não chegar a conclusões precipitadas. Tudo bem?

Diana ficou observando. Alguns rostos estavam fechados, sem expressão; outros, como o de Deborah, francamente hostis. Mas a maioria dos membros assentiu ou deu algum sinal de consentimento.

— Muito bem. E esta noite é da iniciação de Cassie — olhou para Cassie. — Tem alguma pergunta?

— Bem... — Cassie tinha a sensação implicante de que havia algo que ela *devia* perguntar, algo importante, mas não conseguia pensar no que era. — Os homens do Círculo... Como são chamados? Quero dizer, eles são magos, ou feiticeiros, ou coisa assim?

— Não — disse Diana. — "Mago" é uma palavra antiquada... Significa um homem sábio que costuma trabalhar sozinho. E "feiticeiro" vem de uma palavra que significa pérfido, traidor. "Bruxos" é o termo adequado para todos nós, mesmo os homens. Mais alguma coisa?

Cassie balançou a cabeça.

— Bem, então — disse Faye. — Agora que você ouviu nossa história, temos uma pergunta a fazer a *você*. — Ela olhou fixamente para Cassie com um sorriso um tanto estranho e disse numa falsa voz de doçura: — Pretende ser uma bruxa boa ou má?

13

Muito engraçado, pensou Cassie. Mas na verdade não tinha graça nenhuma. Ela imaginou que havia um lado mortalmente sério na pergunta de Faye. De certo modo ela não via Faye querendo usar os Poderes — o que quer que fossem — para o bem. E não via Diana querendo usá-los para qualquer outra coisa.

— Alguém tem mais alguma coisa a dizer? Perguntas, comentários, assuntos do Clube? — Diana olhava o grupo. — Então declaro a reunião encerrada. Vocês podem ir embora ou ficar, como quiserem. Faremos outra reunião amanhã à tarde para homenagear Kori e discutir um plano de ação.

Houve um murmúrio de vozes enquanto as pessoas se viravam para os outros e se levantavam. A tensão que manteve o grupo unido se dissipou, mas havia uma incompletude no ar, como se ninguém realmente quisesse ir embora.

Suzan foi para trás de uma pedra e pegou vários pacotes molhados de seis latas de refrigerante diet. Lauren prontamente foi atrás de outra pedra e voltou com uma grande garrafa térmica.

— É chá de rosa mosqueta — disse ela, servindo um copo do líquido vermelho-escuro e cheiroso e sorrindo para Cassie. — Não tem folhas de chá, mas vai aquecê-la e fazer com que se sinta melhor. As rosas tranquilizam e são purificadoras.

— Obrigada — disse Cassie, pegando o chá, agradecida. Sua cabeça girava. Sobrecarga de informações, pensou ela.

Eu sou uma bruxa, pensou Cassie, admirada. Metade bruxa, pelo menos. E mamãe e minha avó... as duas também são bruxas, é hereditário. Era uma ideia estranha e quase impossível de engolir.

Ela tomou outro gole do chá doce e quente, tremendo a contragosto.

— Tome — disse Melanie. Ela retirou o xale verde-claro e o colocou nos ombros de Cassie. — Estamos acostumados com o frio; você não está. Se quiser, podemos fazer uma fogueira.

— Não, vou ficar bem com o xale — disse Cassie, enfiando os pés descalços por baixo do corpo. — É lindo... É muito antigo?

— Era da bisavó de minha bisavó... Se dá para acreditar nas velhas histórias — disse Melanie. — Em geral nos vestimos melhor para os Círculos... Podemos usar o que quisermos, e às vezes fica escandaloso. Mas esta noite...

— Sim — Cassie assentiu, compreendendo. Melanie estava sendo mais gentil do que o habitual, pensou ela. Mais como Laurel ou Diana. Isso confundiu Cassie por um momento, mas depois ela entendeu.

Eu sou um deles, pensou ela, e pela primeira vez entendeu todas as implicações daquilo. Não era mais um cachorrinho apanhado na rua. Era membro pleno do Clube.

Ela sentiu a empolgação, a satisfação se espalhando por sua corrente sanguínea. E havia também uma sensação mais profunda, de reconhecimento. Como se algo em seu íntimo concordasse, dizendo: *Sim, eu sabia disso o tempo todo.*

Cassie viu Melanie em silêncio bebendo seu chá e Laurel endireitando uma vela rosa que estava tombando. Depois olhou para Diana, parada a pouca distância da praia com os irmãos Henderson, as três cabeças loiras muito próximas. Diana parecia não se sentir constrangida de usar o manto branco fino e as bijuterias. Parecia um traje natural para ela.

Meu povo, pensou Cassie. A sensação repentina de ter seu lugar — de amar — era tão intensa que as lágrimas lhe vieram aos olhos. Depois ela olhou para Deborah e Suzan, imersas numa conversa, e para Faye, que ouvia com um leve sorriso algo que Sean dizia animado, e Nick, que olhava o mar em silêncio, segurando uma lata de alguma coisa que não era refrigerante.

Até eles, pensou Cassie. Ela estava disposta a tentar se entender bem com todos os outros integrantes, com todos que partilhavam de seu sangue. Até os que tentaram excluí-la.

Cassie olhou novamente para Laurel, encontrando a menina magra de cabelo castanho observando-a com um sorriso simpático.

— É muita coisa para pensar num só tempo — disse ela, consciente.

— É. Mas também é estimulante.

Laurel sorriu.

— Então, agora que é uma bruxa — disse ela —, qual é a primeira coisa que você vai fazer?

Cassie riu, sentindo algo parecido com a embriaguez. Poder, pensou ela. Havia tanto Poder ali — e agora podia fazer uso dele. Ela balançou a cabeça e levantou a mão que não segurava o chá.

— O que *podemos* fazer? — disse ela. — Quero dizer, que tipo de coisa?

Laurel e Melanie trocaram olhares.

— Basicamente, você escolhe — disse Melanie. Ela pegou o livro que Diana tinha mostrado a Cassie mais cedo e o folheou, exibindo as páginas a Cassie. Eram amareladas e frágeis, cobertas de uma letra espremida e ilegível. Também eram cobertas de bilhetes em post-it cor-de-rosa e abas de plástico. Quase todas as páginas tinham uma e algumas tinham várias.

— Este é o primeiro Livro das Sombras que conseguimos pegar — disse Melanie. — Achamos no sótão de Diana. Desde então, encontramos outros... Cada família deve ter um. Estivemos trabalhando neste por uns cinco anos, decifrando os feitiços e copiando-os na linguagem moderna. Eu até coloquei no meu computador para cruzar as referências com mais facilidade.

— Meio como um HD das Sombras — disse Cassie.

Laurel riu.

— Isso mesmo. E é engraçado, mas depois que você começa a aprender os feitiços e rituais, parece despertar algo dentro de você... E você começa a criar os seus próprios.

— Instinto — murmurou Cassie.

— Isso — disse Laurel. — Todos o temos, alguns mais do que outros. E alguns de nós são melhores que outros em determinadas coisas, como invocar diferentes Poderes. Eu trabalho melhor com a Terra. — Laurel pegou um punhado de areia e o deixou escapar por entre os dedos.

— Tem três chances para adivinhar no que a Faye é melhor — disse Melanie com secura.

— Mas de qualquer modo, para responder a sua pergunta, há muita coisa que podemos fazer — disse Laurel. — Depende de suas preferências. Os feitiços de proteção, de defesa...

— Ou de ataque — acrescentou Melanie, com um olhar para Deborah e Suzan.

— ... feitiços para pequenas coisas, como acender fogo, e para as grandes, como... Bem, você vai descobrir. Encantamentos para a cura e para encontrar objetos... cristalomancia e adivinhação. Poções do amor... — então sorriu e olhou para Cassie rapidamente. — Isso a interessa?

— Ah, talvez um pouco. — Cassie corou. Meu Deus, ela queria poder pensar direito. Ainda tinha aquela sensação implicante de que havia algo que deixava escapar, algo evidente que ela esquecia e devia perguntar. Mas o que era?

— Há alguma controvérsia sobre a ética das poções e feitiços de amor — dizia Melanie, os olhos cinza demonstrando que não concordavam completamente com isso. — Algumas pessoas acham que viola o livre-arbítrio. E um feitiço mal-empregado pode se voltar contra a pessoa que o lança... triplicado. Alguns acham que o risco não vale a pena.

— E outros — disse Laurel com uma solenidade falsa, faiscando os olhos castanhos — dizem que vale tudo no amor e na guerra. Entende o que quero dizer?

Cassie mordeu o lábio. Por mais que se esforçasse para se concentrar na preocupação incômoda, outro pensamento o empurrava para fora de sua mente. Ou melhor, não um pensamento, mas uma *esperança*, o vislumbre súbito de possibilidades.

Poções do amor. E descobrir coisas. Algo para encontrar *o garoto* e trazê-lo a ela. Haveria um feitiço desses? Ela parecia sentir no íntimo que existia.

Encontrar o *garoto*... Aquele de olhos cinza-azulados. O calor se acumulou no estômago de Cassie e suas palmas formigavam. A possibilidade em si parecia lhe dar asas. Ah, por favor, se ela pudesse pedir só uma coisa...

— Suponham — disse ela, e ficou aliviada ao ouvir a própria voz num tom normal — que vocês quisessem, digamos, achar alguém que conheçam e com quem tenham perdido contato. Alguém de quem vocês... gostassem e quisessem ver novamente. Existiria algum feitiço para isso?

Os olhos castanhos de Laurel brilharam de novo.

— Ora, estamos fazendo suposições com alguém do sexo masculino?

— Sim. — Cassie sabia que corava de novo.

— Bem... — Laurel olhou para Melanie, que balançava a cabeça de uma forma resignada, depois se virou para Cassie. — Eu diria algo como um simples feitiço da árvore. As árvores estão sintonizadas com o amor e a amizade, qualquer coisa que cresça e traga vida. E o outono é uma boa época para usar o que você cultiva, como maçãs. Assim, eu faria um feitiço da maçã. Num deles, você pega uma maçã e a divide ao meio... Depois pega duas agulhas... agulhas de costura comuns... e atravessa uma no buraco da outra, costurando-as com linha. Em seguida as coloca dentro da maçã e a fecha. Amarre para que fique firme. Depois prenda a maçã na árvore e diga umas palavras para que a árvore saiba o que você quer.

— Que palavras?

— Ah, um poema ou coisa assim — disse Laurel. — Algo para invocar o poder da árvore a te ajudar a visualizar o que está pedindo. É melhor que seja rimado. Não sou boa para inventar esse tipo de coisa, mas pode ser assim: "Árvore amiga do meu jardim, traga o amigo especial a mim."

Não. Não mesmo, pensou Cassie, com um arrepio. As palavras de Laurel mudavam em sua mente, transformando-se, expandindo-se. Ela parecia ouvir uma voz, clara e no entanto distante.

Botões, flores e folhas sem fim,
Achem-no, prendam-no agora a mim.
Brotos e sementes, raízes e ramos,
Com os fios do amor nos entrelaçamos.

Seus lábios se moveram sem som com as palavras. Sim, de algum modo Cassie sabia, em seu âmago, que tinha razão. Era este o feitiço... Mas ela se atreveria usar?

Sim. Por *ele*, eu arriscaria tudo, pensou ela. Olhou os dedos que penteavam distraidamente a areia. *Amanhã*, decidiu ela. Amanhã eu o farei. Depois passarei cada minuto de cada dia atenta, esperando. Esperando pela hora em que vir uma sombra levantar a cabeça e será ele, ou quando ouvir passos e me virar, vendo que ele está chegando. Ou quando...

O que aconteceu em seguida foi um susto tão grande e inesperado que Cassie quase gritou.

Um focinho úmido se enfiou por baixo de sua mão.

O que a impediu de gritar foi uma coisa parecida com um ataque cardíaco; o grito ficou em sua garganta, e ela realmente *viu* o cachorro e tudo ficou nebuloso. Sua mão que se retraía desabou, com moleza. Seus lábios se abriram e se fecharam em silêncio. Através de um borrão e uma névoa, ela via os olhos castanhos fluidos e o pelo curto e sedoso no focinho. O cachorro a fitava, de boca aberta e rindo, como se dissesse: "Não está feliz em me ver?".

Depois Cassie ergueu os olhos para ver o dono do cão.

Ele a olhava de cima, como tinha feito naquele dia na praia em Cape Cod. O luar se enredava em seu cabelo ruivo, transformando umas mechas em chamas enquanto outras eram escuras como o vinho. Os olhos cinza-azulados pareciam de prata.

Ele a encontrara.

Tudo ficou absolutamente parado. O rugido do mar parecia abafado e distante, e Cassie não ouvia nenhum outro som. Até a brisa tinha cessado. Era como se o mundo todo esperasse.

Lentamente, Cassie se levantou.

O xale verde caiu as suas costas, descartado. Ela sentia o frio, mas só porque ele a deixava ciente de seu próprio corpo, de cada parte dele, formigando como se possuísse eletricidade. Mas estranhamente, embora ela tivesse consciência de seu corpo, também parecia estar flutuando acima dele. Exatamente como na primeira vez, Cassie parecia ver a si mesma — e a ele — de pé ali na praia.

Via-se com sua camisola branca e fina, os pés descalços, o cabelo solto nos ombros, olhando-o. Como Clara em *O Quebra-nozes*, pensou ela, quando acorda no meio da noite e vê o príncipe que aparece para levá-la a um mundo de magia. Ela *se sentia* como Clara. Como se a luz da lua a tivesse transformado em algo delicado e bonito, algo encantado. Como se ele pudesse pegá-la nos braços ali mesmo e dançar com ela. Como se, ao luar, pudessem dançar para sempre.

Eles *estavam realmente* se encarando. A partir do momento em que seus olhos se encontraram, nenhum dos dois os desviou. Cassie via o espanto em seu rosto. Como se ele estivesse surpreso por vê-la, como Cassie estava por vê-lo ali — mas como poderia ser? Ele a encontrara; devia estar procurando por ela.

O cordão prateado, pensou ela. Não conseguia vê-lo agora, mas ela o sentia, sentia as vibrações de seu poder. Sentia que o cordão os ligava, de um coração a outro. O tremor foi de seu peito ao estômago, tomando depois todo o corpo.

O cordão apertava, atraindo-os. Puxava-a para mais perto dele. Lentamente, a mão dele se ergueu e ele a estendeu para Cassie. Ela levantou a mão, para encostar na dele...

E ouviu um grito vindo de trás. O garoto alto olhava por sobre o ombro, distraído. E sua mão desceu.

Algo apareceu entre eles, algo luminoso. Brilhava como o sol, espatifando o transe de Cassie. Era Diana e segurava o garoto alto e ruivo. Ela o abraçava. Não — eles se abraçavam. Cassie olhava, pasma, vendo-*o* com os braços em outra pessoa. Mal conseguia compreender as palavras que ouviu em seguida.

— Ah, Adam... Estou *tão* feliz de você ter voltado.

Cassie ficou parada como um pilar de gelo.

Ela nunca vira Diana desmoronar, mas a amiga desmoronava agora. Chorava. Cassie via que ela tremia e via que o cara alto — que *Adam* — a abraçava e tentava evitar que caísse.

Abraçava Diana. Ele estava abraçando Diana. E o nome dele era Adam.

"Quer dizer que ela ainda não te falou do Adam? Diana, isso é levar o recato longe demais..." "Quem é ele? É o namorado dela?... "Ele é legal. Acho que vai gostar dele..."

Cassie caiu de joelhos e enterrou a cara no pelo de Raj, agarrando-se ao cachorro grande. Não suportaria que ninguém visse seu rosto e ficou grata pela solidez quente de Raj ao se encostar nele. Ah, meu Deus; ah, *meu Deus...*

Vagamente, ela ouvia a voz de Adam.

— Qual é o problema? Tentei voltar para a iniciação de Kori, mas onde ela está? O que está havendo? — então olhou para Cassie. — E...

— Seu nome é Cassie Blake — disse Diana. — Ela é neta da Sra. Howard e acaba de se mudar para cá.

— Sim, eu...

Mas Diana, com a voz aturdida de tristeza, ainda falava:

— E acabamos de iniciá-la no lugar de Kori.

— *O quê?* — quis saber Adam. — Por quê?

Fez-se silêncio. Por fim, foi Melanie quem falou, num tom baixo e distante de um locutor fazendo um anúncio.

— Porque hoje de manhã... Ou ontem de manhã, aliás, porque já é quarta-feira... O corpo de Kori foi encontrado ao pé da colina da escola. Seu pescoço estava quebrado.

— Ah, meu Deus. — Cassie levantou a cabeça e viu Adam segurar Diana com mais força. Ele fechou os olhos brevemente enquanto ela se apoiava nele, tremendo de novo. Depois ele olhou os irmãos Henderson. — Chris... Doug...

Os dentes de Doug estavam cerrados.

— Foram marginais — disse ele.

— Foi a *Sally* — rosnou Deborah.

— *Não sabemos quem foi* — disse Diana, seu tom de voz era intenso e passional. — E não vamos fazer nada antes de descobrirmos.

Adam assentiu.

— E vocês — disse ele, olhando para o grupo. — O que fizeram para ajudar enquanto tudo isso acontecia?

— Droga nenhuma — disse Nick. Ele estivera de pé e com os braços cruzados, observando, impassível. Agora seu olhar de desafio encontrou o de Adam e se fixou ali. Estava claro que não havia afeto entre os dois.

— Ele esteve ajudando, Adam — disse Diana, prevendo o que Adam diria em seguida. — Ele vem às reuniões e está aqui esta noite. É só o que podemos pedir.

— Não é só o que *eu* posso pedir — disse Adam.

— Peça o que quiser. Não vai conseguir mais nada. — Nick se virou. — Vou dar o fora daqui.

— Ah, não vá... — começou Laurel, mas Nick já estava indo embora.

— Eu tenho vindo porque Diana pediu, mas agora, para mim, chega. Já tive o bastante por uma noite — disse ele. Depois se foi.

Faye se virou para Adam e abriu seu sorriso mais lento e mais deslumbrante. Uniu as mãos e bateu palmas.

— Belo trabalho, Adam. Diana ficou durante as últimas três semanas como uma escrava para manter a tropa unida e você desfez tudo nos primeiros três minutos. Eu mesma não teria feito melhor.

— Ah, não enche, Faye — disse Laurel.

Cassie, enquanto isso, ainda estava ajoelhada. Embora agarrada a Raj, só conseguia ver, sentir, pensar numa coisa. O braço de Adam — o braço à vontade — nos ombros de Diana.

O nome dele era Adam. E ele era dela. Não era meu; dela. Ele sempre foi dela.

Não podia ser. Não era possível. Quando não tinha mais esperança nenhuma, ela o reencontrara; ele viera a ela. Sem um feitiço de amor, como se atraído pela intensidade de sua necessidade dele, ele veio — e ela não podia tê-lo.

Como Cassie pôde ter sido tão idiota? Como pôde não perceber? Todos conversaram à noite sobre completar o Círculo, sobre 12 integrantes, sempre 12. Mas se ela tivesse parado para contar, teria visto que só havia onze. Diana, Melanie e Laurel, eram três; e Faye, Suzan e Deborah, formando seis. Mais os meninos, os irmãos Henderson, Nick e Sean — completavam dez. E Cassie somava onze. O tempo todo alguma coisa no fundo de sua mente sabia que a soma não batia e esteve tentando dizer a ela. Mas Cassie não deu ouvidos.

E como eu pude não saber?, pensou ela. Como pude não perceber que o garoto que conheci tinha de ser um deles? Todas as dicas estavam presentes, bem na minha frente. Ele tinha Poderes — eu vi na praia com Portia. Ele leu minha mente. Disse-me que era de outro lugar; disse que era diferente. Portia até disse a palavra.

Bruxa.

E esta noite descobri que o Clube é um coven, um grupo de bruxas. A última geração de bruxos do Novo Mundo. Eu devia ter percebido *naquela hora* que ele devia ser um deles.

Eu até sabia que Diana tinha namorado, um namorado que sempre estava fora, "de visita". As peças do quebra-cabeça estavam todas ali. Eu só não quis encaixar.

Porque estou apaixonada por ele. Não sabia o quanto, até vê-lo hoje de novo. E ele pertence a minha melhor amiga. A minha "irmã".

Eu a odeio.

O pensamento era de intensidade apavorante, fazendo-a cerrar os punhos no pelo do cachorro. Era um banho primitivo e puro de emoção, um sentimento tão forte que por um momento até expulsou a dor. Um ódio homicida, vermelho como sangue, arremetendo dela para a menina do cabelo de luar...

Como a luz do sol e da lua entrelaçadas. Olhando-o agora, com aquela violência ácida ainda feroz em seu íntimo, outra imagem passou pela mente de Cassie. O mesmo cabelo incrivelmente brilhoso caindo pelo freio de mão do carro de Diana. Depois de Diana tê-la resgatado de Faye.

Quando ela a levou para casa para cuidar de você, sussurrou uma voz. Depois ela a limpou e alimentou, apresentou você às amigas. Protegeu você, deu-lhe um lugar. Fez de você uma irmã.

Agora, o que é mesmo que você estava dizendo sobre ela?

Cassie sentiu a fúria assassina e rubra sair de seu corpo. Não conseguia mantê-la e não queria tentar. Não podia odiar Diana... Porque ela amava Diana. E amava Adam. Amava os dois e queria que eles fossem felizes.

E onde *você* fica nessa história?, perguntou a voz dentro dela.

Era tudo muito simples. Os dois eram tão obviamente perfeitos um para o outro. Os dois altos — Diana era da altura certa para olhar nos olhos dele. Os dois do último ano do colégio — Diana tinha maturidade suficiente para ele, e como Cassie poderia ter imaginado que um cara mais velho ficaria a fim dela? Os dois tremendamente atraentes, ambos confiantes, ambos líderes.

E os dois bruxos de linhagem pura, Cassie lembrou a si mesma. Aposto que ele é incrivelmente talentoso — é claro que é talentoso. Diana não teria nada que não fosse o melhor. Porque ela é a melhor.

E não se esqueça de que são namorados desde crianças. Eles estão juntos desde sempre; nem têm olhos para os outros. Claramente foram feitos um para o outro.

Era tudo tão evidente e muito simples — mas por que ela sentia navalhas lhe triturando as entranhas? Só o que precisava fazer era desejar felicidade aos dois e deixar de lado qualquer ideia de ela e Adam juntos. Bastava se resignar ao que ia acontecer de qualquer maneira. Só desejar-lhes sorte.

Foi quando, com clareza e frieza, veio-lhe a decisão. Não importa o que acontecer, ela prometeu, Diana jamais saberá.

E nem ele.

Se Diana descobrisse como Cassie se sentia, ficaria aborrecida. Ela era tão altruísta que podia até achar que *precisava* fazer alguma coisa — como desistir de Adam para que Cassie não ficasse magoada. E mesmo que não fizesse isso, ela se sentiria péssima.

Então Cassie não contaria a ela. Era simples.

Não por palavras, olhares ou gestos, prometeu ela a si mesma intensamente. Aconteça o que acontecer, não vou fazer Diana infeliz. Eu juro.

Um focinho úmido a cutucava e gemidos baixos soaram em seus ouvidos. Raj reclamava da falta de atenção.

— Cassie?

E Diana falava com ela. Cassie percebeu como devia estar, agarrada ao cachorrão, desnorteada.

— Que foi? — disse ela, tentando evitar que os lábios tremessem.

— Perguntei se está tudo bem.

Diana a olhava, os olhos verdes e claros cheios de preocupação. Havia lágrimas recentes nos cílios pesados. Olhando naqueles olhos, Cassie tomou a atitude mais corajosa que teve na vida. Mais corajosa do que enfrentar Jordan Bainbridge e sua arma, mais corajosa do que se atirar ao resgate de Sally na colina.

Ela sorriu.

— Eu estou bem — disse ela, fazendo um último afago em Raj e colocando-se de pé. Sua voz parecia a de outra pessoa, incrivelmente falsa e estúpida. Mas Diana não esperava que ela fosse falsa, e relaxou. — Só estou... Aconteceram coisas demais esta noite — continuou Cassie —, acho que estou meio acabada.

Adam abria a boca. Ia contar a todos, percebeu Cassie. Ele ia contar que ele e Cassie se conheceram e tudo o que aconteceu. Depois Faye, que não era burra, somaria dois mais dois. Perceberia que ele era o garoto do poema de Cassie.

E isso não podia acontecer. Ela não deixaria. Ninguém jamais deveria saber.

— E você ainda não me apresentou — soltou desesperadamente a Diana. — Sabe que estou esperando para conhecer seu namorado desde que me falou dele.

Pronto. Estava dito. Seu namorado. Adam ficou confuso, mas Diana, a inocente Diana, parecia mortificada.

— Desculpe; não apresentei, não é mesmo? Cassie, este é Adam... Sei que os dois vão se gostar. Ele esteve fora...

— De visita — acrescentou Cassie febrilmente enquanto Adam abria a boca de novo.

— Não, não de visita. Sei que disse isso antes, mas agora posso lhe contar a verdade. Ele esteve procurando por alguns... objetos... que pertenceram ao antigo coven, o original. Pelos registros, sabemos que eles tinham chaves poderosas que se perderam. As Chaves Mestras. Desde que Adam ouviu falar delas, esteve a sua procura.

— E volta de mãos abanando — comentou Faye com sua voz rouca e irônica. — Acho que desta vez não é diferente.

A atenção de Adam foi desviada. Ele olhou a morena alta e sorriu. Era um sorriso malicioso, cheio da promessa de segredos.

— Que foi? — disse Faye com cinismo e depois, enquanto ele continuava a sorrir para ela: — *Que foi?* Não espera que a gente acredite...

— Adam — disse Diana, a voz se alterando —, está dizendo que...?

Adam se limitou a sorrir para eles, depois jogou a cabeça para a bolsa de viagem a pouca distância na praia.

— Sean, pegue lá.

Sean foi até a bolsa e voltou.

— Está *pesada*.

— Adam... — sussurrou Diana, de olhos arregalados.

Adam pegou a bolsa da mão de Sean e a colocou no chão.

— É uma pena que Nick estivesse com tanta pressa de ir embora — disse ele. — Se tivesse ficado, teria visto isso. — De dentro da bolsa, ele pegou um crânio.

14

Tinha o tamanho e o formato de um crânio humano, mas parecia ser inteiramente de cristal. A lua refletia através dele, dentro do crânio. Tinha dentes sorridentes de cristal e as órbitas ocas dos olhos pareciam fitar diretamente Cassie.

Houve um instante de paralisia, depois Faye estendeu a mão para ele.

— Opa — disse Adam, afastando-o dela. — Não.

— *Onde conseguiu isso?* — disse Faye. Sua voz não era mais indolente, mas cheia de excitação mal contida.

Mesmo em seu torpor, Cassie sentiu uma pontada de apreensão com seu tom de voz e viu o olhar rápido que Adam trocou com Diana. Depois se virou para Faye.

— Numa ilha.

— *Que* ilha?

— Eu não sabia que você se interessava tanto. Nunca pareceu se importar.

Faye o olhou, furiosa.

— Vou descobrir de um jeito ou de outro, Adam.

— Não há mais nada onde achei isso. Acredite, esta era a única das Chaves Mestras escondidas lá.

Faye respirou fundo, relaxou e sorriu.

— Bem, pelo menos pode dar a todos nós a chance de dar uma olhada.

— *Não* — disse Diana. — Ninguém nem mesmo toque nisso. Não sabemos nada, só que foi usada pelo antigo coven... Por Black John em pessoa. Isto significa que é perigoso.

— Tem certeza de que é o crânio de cristal sobre o qual Black John escreveu? — perguntou Melanie, a voz baixa e racional.

— Tenho — disse Adam. — Pelo menos, combina exatamente com a descrição dos antigos registros. E eu o encontrei num lugar muito parecido com a descrição de Black John. Acho que é autêntico.

— Então precisa ser limpo, purificado e estudado antes que *qualquer um* de nós trabalhe com ele — disse Diana. Ela se virou para Cassie. — Black John era um dos líderes do coven original — disse ela. — Morreu pouco depois da fundação de New Salem, mas antes disso pegou as chaves mais poderosas do coven e as escondeu. Por segurança, segundo ele disse... Mas na verdade porque queria todas para si. Para lucro pessoal e vingança — disse ela, olhando sugestivamente para Faye. — Ele era um homem mau e qualquer coisa que tenha tocado estará cheia de influências negativas. Só vamos usar quando tivermos certeza de que é seguro.

Se Black John tinha alguma coisa a ver com esse crânio, ele *deve* ter sido mau mesmo, pensou Cassie. De um jeito que ela não conseguia explicar, Cassie *sentia* as trevas emanando dele. Se não estivesse tão magoada e tonta, teria dito isso; mas sem dúvida todos os outros viam por si mesmos.

— O antigo coven nunca encontrou as Chaves Mestras — dizia Laurel. — Eles procuraram, porque Black John deixou algumas pistas sobre onde podia tê-las escondido, mas não tiveram sorte. Fizeram chaves novas, mas nenhuma era tão poderosa quanto as originais.

— E agora encontramos uma — disse Adam, com um brilho de empolgação nos olhos cinza-azulados.

Diana tocou de leve as costas da mão de Adam que segurava o crânio. Sorriu para ele, e a mensagem entre os dois era mais clara que qualquer palavra: orgulho e triunfo partilhados. Este era o projeto *deles*, algo em que estiveram trabalhando há anos, e agora enfim tiveram sucesso.

Cassie cerrou os dentes para conter a dor que sentia no peito. Eles mereciam uma chance de ficar a sós e curtir, pensou ela. Com uma alegria frágil e forçada, ela disse:

— Sabe de uma coisa, estou ficando cansada, acho que talvez esteja na hora...

— É claro — disse Diana, preocupada de imediato. — Você deve estar exausta. Todos estamos. Podemos conversar melhor sobre isso na reunião de amanhã.

Cassie assentiu e ninguém fez objeções. Nem mesmo Faye. Mas enquanto Diana instruía Melanie e Laurel a acompanharem Cassie pela praia até sua casa, Cassie encontrou os olhos de Faye por acidente. Havia uma expressão estranha e calculista naqueles olhos dourados que a teria incomodado se ela agora não desse a mínima para isso.

Em casa, cada luz era ofuscante, embora os primeiros raios do amanhecer ainda não tivessem aparecido sobre o mar. Melanie e Laurel acompanharam Cassie até dentro de casa e encontraram a mãe e a avó sentadas na varanda — um cômodo formal e antiquado na frente da casa. As duas mulheres estavam de camisola e roupão. A mãe de Cassie tinha o cabelo solto nas costas.

Cassie viu que elas sabiam assim que olhou em seus rostos.

Por isso fui trazida aqui?, pensou ela. Para me unir ao Círculo? Não havia mais nenhuma dúvida de que ela foi *trazida* a este lugar, de propósito, e por um motivo muito específico.

Cassie não teve resposta das vozes em seu íntimo, nem mesmo da voz mais profunda. E isso era perturbador.

Mas não tinha tempo para se preocupar com isso. Não agora. Olhou no rosto tenso e ansioso da mãe, cheio também de orgulho e esperança mal disfarçados. Como a mãe que assiste a filha num salto ornamental na Olimpíada, esperando pela pontuação dos juízes. A avó tinha a mesma expressão.

De repente, apesar da dor no peito, Cassie se encheu de uma onda de amor protetor por elas. Pelas duas. Conseguiu abrir um sorriso enquanto ela, Melanie e Laurel subiam à porta.

— E então, vovó — disse ela —, nossa família tem um Livro das Sombras?

A tensão se rompeu em riso quando as duas mulheres se levantaram.

— Não que eu saiba — disse a avó. — Mas quando você quiser, podemos procurar no sótão.

* * *

A reunião da tarde de quarta-feira foi tensa. Todos estavam nervosos, e Faye claramente tinha segundas intenções.

Faye só queria falar do crânio. Deviam usá-lo, disse ela, e imediatamente. Tudo bem, então, se não iam *usar*, pelo menos verificá-lo. Tentar ativá-lo, ver que impressões ficaram nele.

Diana insistia em rejeitar. Nada de verificação. Nem ativação. Primeiro precisavam purificar o crânio. Enterrá-lo. Limpá-lo. O que Faye sabia que levaria semanas, se feito da maneira correta. Como era Diana que estava no comando...

Faye disse que nesse ritmo Diana podia não ficar na liderança por muito tempo. Na realidade, se Diana continuasse se recusando a testar o crânio, Faye podia apelar por uma eleição de líder agora, em vez de esperar até novembro. Não era o que Diana queria?

Cassie não entendia nada. Como se verifica um crânio? Ou o enterra e limpa? Mas desta vez a discussão era acalorada demais para alguém se lembrar de explicar.

Ela passou toda a reunião *sem* olhar para Adam, que tentou falar com ela antes, mas Cassie conseguiu escapar dele. Agarrava-se inflexivelmente a sua decisão, embora ficasse esgotada com a energia necessária para ignorá-lo. Ela se obrigou a não olhar o cabelo dele, que tinha crescido um pouco mais desde que o vira. Ou para sua boca, que era linda e simpática como sempre. Ela se recusou a se deixar pensar em seu corpo como o viu na praia em Cape Cod, com seus músculos claros e sólidos, e as pernas compridas e expostas. E, acima de tudo, ela se obrigou a não olhar em seus olhos.

A única coisa que Cassie entendia da reunião era que a situação de Diana era frágil. Líder "temporária" significava que o coven podia pedir uma eleição a qualquer hora e depô-la, embora a eleição oficial acontecesse em novembro, por algum motivo. E Faye obviamente procurava apoio para que *ela* pudesse assumir.

Conseguiu o apoio dos irmãos Henderson dizendo que eles usariam o crânio logo para descobrir o assassino de Kori. E ela conquistou Sean simplesmente aterrorizando-o, ao que parecia. Deborah e Suzan, é claro, apoiavam-na desde o início.

Assim, eram seis. E haveria seis do lado de Diana também, mas Nick se recusou a verbalizar sua opinião. Ele foi à reunião, mas ficou sentado o tempo todo, fumando e dando a impressão de que estava em outro lugar. Quando indagado, disse que para ele não importava se usariam ou não o crânio.

— Como pode ver, você é voto vencido — disse Faye a Diana, os olhos cor de mel ardendo de triunfo. — Ou nos deixa usar o crânio... Ou conclamo uma eleição agora e vamos ver se você continua na liderança.

O maxilar de Diana estava rígido.

— Muito bem — disse ela, por fim. — Vamos tentar ativá-lo... Só ativá-lo e mais nada... No sábado. Ou será tarde para você?

Faye assentiu graciosamente. Ela vencera, e sabia disso.

— Sábado à noite — disse ela, e sorriu.

O enterro de Kori foi na sexta-feira. Cassie ficou com os outros do Clube e chorou com eles durante a cerimônia fúnebre. Depois disso, no cemitério, estourou uma briga entre

Doug Henderson e Jimmy Clark, o menino com quem Kori ficou no verão. Foi preciso o Clube todo para separá-los. Os adultos pareciam ter medo de tocá-los.

Sábado amanheceu claro e frio. Cassie foi à casa de Diana no final da tarde, depois de passar a maior parte do dia encarando um livro, fingindo ler. Estava preocupada com a cerimônia do crânio, porém ainda mais preocupada com Adam. Aconteça o que acontecer, disse ela a si mesma, haja *o que houver*, não vou deixar que ninguém saiba o que eu sinto. Vou guardar esse segredo para sempre, mesmo que isso me mate.

Diana parecia cansada, como se não tivesse dormido bem. Era a primeira vez que as duas ficavam a sós desde a iniciação — desde que Adam chegou. Sentada no quarto bonito de Diana, olhando o prisma na janela, Cassie quase podia fingir que Adam não tinha vindo, que ele nem existia. As coisas eram simples, então; ela ficava feliz só por estar ao lado de Diana.

Ela notou, pela primeira vez, outra parede com gravuras de arte como as que vira no primeiro dia.

— São deusas também? — perguntou ela.

— Sim. Esta é Perséfone, filha da deusa da agricultura — sua voz era suave e cansada, mas ela sorriu para a imagem. Mostrava uma mulher magra, rindo ao segurar uma braçada de flores. Em volta dela, era primavera, e seu rosto era cheio da alegria de ser jovem e estar viva.

— E quem é essa?

— Atena. Era a deusa da sabedoria. Nunca se casou também, como Ártemis, a deusa da caça. Todos os outros deuses costumavam procurar seus conselhos.

Era uma deusa alta com uma testa larga e olhos cinza-claros e calmos. Bem, é claro que eram cinza; era uma gravura em preto e branco, Cassie disse a si mesma. Mas de algum modo ela sentia que eram cinza de verdade, cheios de uma inteligência calma e ponderada.

Cassie se virou para a gravura seguinte.

— E quem é...

Neste momento ouviram vozes no primeiro andar.

— Oi? Tem alguém aí em cima? A porta da frente estava destrancada.

— Subam — chamou Diana. — Meu pai está no trabalho... Como sempre.

— Tome — disse Laurel, aparecendo na porta. — Achei que ia gostar disto. Peguei no caminho para cá. — Ela estendeu um buquê de flores mistas a Diana.

— Ah, saponária! Tem um tom de rosa lindo e posso secar para o sabonete depois. E boca-de-leão e trevo-amarelo. Vou pegar um vaso.

— Eu teria trazido algumas rosas do jardim, mas usamos todas para purificar o crânio.

Melanie sorriu para Cassie.

— E como está nossa mais nova bruxa? — disse ela, os olhos cinzentos e frios sem nenhuma antipatia. — Totalmente confusa?

— Bem... Meio confusa. Quero dizer — Cassie escolheu ao acaso uma das coisas que não entendia — como se purifica um crânio com rosas?

— É melhor perguntar isso a Laurel; ela é a especialista em plantas.

— E Melanie — disse Laurel — é a especialista em pedras e cristais, e este é um crânio de cristal.

— Mas o que *é* um cristal, exatamente? — perguntou Cassie. — Acho que nem isso eu sei.

— Bem. — Melanie se sentou à mesa de Diana enquanto esta voltava e começava a arrumar as flores. Laurel e Cassie se sentaram na cama. Cassie queria mesmo saber sobre as coisas que o Círculo usava na magia. Mesmo que nunca pudesse fazer o feitiço que queria, ainda era uma bruxa.

— Bem, algumas pessoas chamam os cristais de "água fossilizada" — disse Melanie, a voz assumindo um falso tom professoral. — A água se combina com um elemento que os faz crescer. Mas prefiro pensar que são como uma praia.

Laurel bufou e Cassie pestanejou.

— Uma praia?

Melanie sorriu.

— Sim. Uma praia é areia e água, não é? E areia é silício. Quando se mistura silício com água, nas condições corretas, forma-se dióxido de silício... Cristal de quartzo. Então água mais areia, mais calor, mais pressão, igual a cristal. Os restos de uma antiga praia.

Cassie ficou fascinada.

— E é disso que o crânio é feito?

— Sim. É quartzo transparente. Existem outros tipos de quartzo; de outras cores. O de ametista é roxo. Laurel, está usando algum?

— Mas que pergunta. Especialmente com uma cerimônia à noite. — Laurel empurrou para trás o cabelo comprido e castanho-claro, mostrando as orelhas a Cassie. Em cada uma delas, havia um pingente de cristal de um violeta escuro. — Gosto das ametistas — explicou ela. — Dão tranquilidade e equilíbrio. Se usá-las com quartzo rosa, atraem o amor.

O estômago de Cassie se apertou. Ela ficaria bem se pudessem se manter longe de assuntos como o amor.

— Que outras pedras existem? — perguntou ela a Melanie.

— Ah, são muitas. Na família dos quartzos, tem o citrino... Deborah usa muito dele. É amarelo e bom para atividade física. Energia. Aptidão. Esse tipo de coisa.

— A Deborah precisa de um pouco *menos* energia — murmurou Laurel.

— Gosto de usar jade — continuou Melanie, girando o pulso esquerdo para mostrar a Cassie uma linda pulseira. Tinha uma pedra oval verde-clara e transparente. — O jade dá paz, acalma. E aumenta a clareza mental.

Cassie falou, hesitante:

— Mas... Essas coisas realmente funcionam? Quero dizer, sei que todo mundo ligado a esoterismo gosta de cristais, mas...

— Os cristais não são esotéricos — disse Melanie com um olhar dominador a Laurel, que parecia prestes a discutir a questão. — As pedras preciosas têm sido usadas desde o início pelos povos antigos... E às vezes até para as coisas certas. O problema é que têm bons efeitos se quem as usa é bom. Podem armazenar energia e te ajudar a invocar os Poderes, mas só se você tiver talento para isso, antes de qualquer coisa. Assim, para a maioria das pessoas, são inteiramente inúteis.

— Mas não para *nós* — disse Laurel. — Embora nem sempre funcionem como a gente espera. As coisas podem sair do controle. Lembra quando Suzan simplesmente se *cobriu* de cornalinas e quase atraiu uma multidão no jogo de futebol? Pensei que haveria um tumulto.

Melanie riu.

— As cornalinas são laranja e muito... estimulantes — disse ela a Cassie. — Podem deixar as pessoas excitadas demais, se usadas da forma errada. Suzan tentava atrair o zagueiro, mas quase se embolou com todo o time. Nunca vou me esquecer dela no banheiro, arrancando todas aquelas cornalinas das roupas. — Cassie deu uma gargalhada com a imagem.

— Não se deve usar pedras vermelhas nem laranja o tempo todo — acrescentou Laurel, sorrindo. — Mas é claro que Suzan não deu ouvidos. Nem Faye daria.

— É verdade — disse Cassie, lembrando-se. — Faye usa uma pedra vermelha no pescoço.

— É um rubi estrela — disse Melanie. — São raros, e este é muito poderoso. Pode aumentar a paixão... ou a raiva... com muita rapidez.

Havia mais uma coisa que Cassie queria perguntar. Ou melhor, que ela *precisava* perguntar, quisesse ou não.

— E uma pedra chamada... calcedônia? — disse ela com despreocupação. — É boa para alguma coisa?

— Ah, sim. É uma influência protetora... Pode proteger você contra a crueldade do mundo. Na verdade, Diana, você não deu...?

— Sim — disse Diana, que estivera sentada em silêncio no banco da janela, ouvindo. Agora sorria fraco com a recordação. — Dei a Adam uma calcedônia rosa quando ele partiu neste verão. É um pedaço de calcedônia especial

— explicou a Cassie. — É achatado e redondo, e tem uma espécie de padrão em espiral, como as pétalas de uma rosa. Tem pequenos cristais de quartzo espalhados por ela.

E coisinhas parecidas com conchas pretas atrás, pensou Cassie. Ela sentiu náuseas. Até o presente que ele lhe dera fora de Diana.

— Cassie? — As três a olhavam.

— Desculpe — disse ela, abrindo os olhos e fingindo sorrir. — Eu estou bem. Eu... Acho que estou meio tensa com aquela coisa de ontem à noite. Sei lá o que é.

Elas foram solidárias de imediato. Diana assentiu severamente, mostrando mais ânimo do que tinha desde que Cassie chegara naquela noite.

— Eu também estou preocupada — disse ela. — É meio cedo. Não devíamos fazer isso ainda... Mas não temos alternativa.

Melanie falou com Cassie:

— Veja só, o crânio absorveu energias de quem o usou pela última vez. Como uma impressão do que foi feito, e de quem fez. Queremos ver o que é. Então vamos nos concentrar nisso e ver o que nos será mostrado. É claro que talvez não consigamos ativá-lo. Às vezes só determinada pessoa pode fazer isso, ou determinado código de sons, luzes ou movimentos. Mas se conseguirmos, e se for seguro, podemos um dia usar sua energia para nos mostrar coisas... Talvez quem matou Kori.

— Quanto maior o cristal, mais energia tem — disse Diana num tom deprimente. — E este é um cristal *grande*.

— Mas por que o antigo coven entalhou um crânio nele? — perguntou Cassie.

— Não entalharam — disse Melanie. — Não sabemos quem o fez, mas tem muito mais de trezentos anos. Há outros crânios de cristal pelo mundo... Ninguém realmente sabe quantos são. A maioria está em museus e essas coisas... Tem um, o Crânio Inglês, no Museu da Humanidade, na Inglaterra. E o Crânio Templário pertence a uma sociedade secreta da França. Nosso antigo coven de algum modo se apoderou deste e o usou.

— Black John o usou — corrigiu Diana. — Eu queria que Adam tivesse encontrado qualquer uma das outras Chaves Mestras, em vez desta. Esta era *dele*, a preferida de Black John, e acho que ele pode ter usado para se livrar de pessoas. Tenho medo desta noite... Não sei. Mas tenho medo de que algo medonho vá acontecer.

— Não vamos permitir — disse uma nova voz à porta. O coração de Cassie começou a martelar surdo e o sangue tomou seu rosto.

— Adam — disse Diana. Ela relaxou visivelmente enquanto ele se aproximava do banco da janela para lhe dar um beijo e se sentar a seu lado. Diana sempre parecia mais tranquila e mais radiante quando ele estava junto dela.

— Vamos manter a cerimônia sob controle estrito esta noite — disse ele. — E se começar a acontecer alguma coisa perigosa, vamos parar imediatamente. Já preparou a garagem?

— Não, estava esperando por você. Podemos fazer isso agora. — Diana destrancou o armário grande e Cassie viu o crânio de cristal aninhado em um recipiente de vidro cheio de pétalas de rosa.

— Parece a cabeça de Batista — murmurou ela.

— Usei sal e água da chuva para tentar limpá-la — disse Diana. — Mas o que ela realmente precisa é de uma série completa de cristais e essências florais, depois ser enterrada em areia molhada por algumas semanas.

— Vamos tomar todas as precauções — disse Adam. — Um círculo triplo de proteção. Vai ficar tudo bem. — Ele pegou o crânio, com algumas pétalas de rosa grudadas, e foi com Diana para a garagem. Cassie os viu sair.

— Não fique nervosa — disse-lhe Melanie. — Você não precisa fazer nada na cerimônia. Não seria *capaz* de fazer; leva um bom tempo até levar algum jeito com cristalomancia... Anos, em geral. Só o que precisa fazer é ficar sentada lá e não romper o Círculo.

Cassie tentou não se importar com o tom condescendente na voz dela.

— Olha, temos tempo para alguém me levar de carro até minha casa? — disse ela. — Tem uma coisa que eu gostaria de pegar.

A garagem de Diana estava vazia — sem carros, pelo menos. O piso parecia limpo e desimpedido, a não ser por um círculo desenhado em giz branco.

— Desculpe por fazer a todos se sentarem no concreto — disse Diana —, mas eu queria que isso fosse feito aqui dentro... Onde podemos ter certeza de que o vento não vai apagar uma das velas.

Havia várias velas brancas no meio do círculo. Formavam um aro menor. Bem no meio, algo coberto com um pedaço de tecido preto estava numa caixa de sapatos.

— Muito bem — disse Diana aos demais, que chegaram em pequenos grupos e agora estavam parados na garagem. — Vamos acabar logo com isso.

Ela vestiu o manto branco e as joias. Olhando para eles agora, Cassie desconfiou de que o diadema e a pulseira — e talvez até a liga — tivessem algum significado místico. Ela viu Diana "fechar" o círculo, contornando-o com a adaga, depois com água e incenso, em seguida com uma vela acesa. Terra, água, ar e fogo. Houve também alguns encantamentos, que Cassie tentou seguir. Mas quando todos ocuparam o círculo e se sentaram joelho com joelho, como instruiu Diana, qualquer interesse na cerimônia fugiu de sua mente.

Ela acabou entre Faye e Adam. Não sabia como isso aconteceu. Ficou na fila para se sentar ao lado de Sean, mas de algum modo Faye se colocara na frente dela. Talvez Faye não quisesse se sentar ao lado de Adam. Bem, nem Cassie, embora por um motivo bem diferente.

O joelho de Adam pressionava o dela. Foi como Diana lhes disse para se sentarem. Ela podia sentir o calor dele, sua solidez. Não conseguia pensar em mais nada.

Do outro lado, Faye tinha um perfume forte e tropical. Isso a deixou meio tonta.

Depois todas as luzes se apagaram.

Cassie não viu como foi feito; tinha certeza de que ninguém saiu do círculo. Mas os painéis de luzes fluorescentes no teto tinham se apagado repentinamente.

Estava negro como breu na garagem. A única luz agora vinha da chama da única vela que Diana segurava. Cassie via seu rosto iluminado por ela, e mais nada.

— Muito bem — disse Diana em voz baixa. — Vamos procurar pelas últimas impressões que ficaram. Nada mais do que isso; ninguém vai entrar fundo até que saibamos com o que estamos lidando. E não preciso dizer a ninguém que, o que quer que aconteça, não vamos romper o círculo. — Ela não olhou para Cassie ao dizer isso, mas vários outros a olharam, como que para implicar que talvez ela *precisasse* ouvir essa recomendação.

Diana encostou a chama na vela que Melanie lhe estendeu. A chama se duplicou. Depois Melanie se curvou para acender a vela de Deborah, e agora eram três chamas.

O fogo percorreu o círculo até que Laurel o entregou a Adam. A mão de Cassie tremia quando ela ergueu a vela para receber a chama. Ela esperava que todos supusessem que era só o nervosismo geral.

Por fim, todas as 12 velas foram acesas e fixadas em sua própria cera no piso de concreto. Cada uma delas emitia uma porção de brilho e lançava sombras escuras e imensas das figuras sentadas nas paredes.

Diana estendeu a mão para o anel de velas e puxou o tecido preto.

Cassie ofegou.

O crânio olhava diretamente para ela, as órbitas vazias a encarando. Entretanto o mais alarmante não era isso. O crânio *cintilava*. As chamas das velas brincavam com ele, e o cristal refletia e refratava a luz. Quase parecia... vivo.

Pelo círculo, os outros endireitaram o corpo, tensos.

— Agora — disse Diana. — Encontrem um lugar dentro do crânio que interesse a vocês. Concentrem-se nele, procurem por detalhes. Depois procurem por mais detalhes.

Continuem olhando até que se vejam atraídos para dentro do cristal.

Um lugar que interesse a vocês?, pensou Cassie vagamente. Mas quando olhou atentamente o crânio reluzente, viu que o cristal não era inteiramente transparente. Havia teias e o que pareciam filetes de fumaça dentro dele. Fraturas internas que pareciam agir como prismas, formando paisagens em miniatura. Quanto mais atentamente Cassie olhava, mais detalhes via.

Isso parece uma espiral ou um tornado, pensou Cassie. E isso — isso quase parece uma porta. E um rosto...

Ela desviou repentinamente os olhos, sentindo um solavanco no estômago. Não seja boba; são só imperfeições no cristal, disse a si mesma.

Cassie quase teve medo de olhar novamente. Porém ninguém mais parecia perturbado. Suas sombras assomavam e bruxuleavam nas paredes, mas todos os olhos estavam voltados para o crânio.

Olhe para ele! *Agora*, ela ordenou.

Quando voltou a olhar o crânio, não conseguiu encontrar a face enevoada de novo. Pronto, isso prova que era só um truque da luz, pensou ela. Mas o crânio desenvolvera outro caráter perturbador. Parecia haver coisas se mexendo dentro dele. Era quase como se fosse feito de água, contida numa película fina, e as coisas vagassem lentamente por ela.

Ah, pare e escolha um detalhe para se concentrar, ordenou a si mesma. A porta, olhe para ela. Não está se mexendo.

Ela fitou a pequena fratura prismática à esquerda da órbita do olho, onde estaria a pupila de um olho verdadeiro. Parecia uma porta entreaberta com a luz se derramando para fora.

Olhe para isso. Note os detalhes.

A vertigem do perfume de Faye a tomou. Ela estava olhando — só olhando. Podia ver a porta. Quanto mais atentamente olhava, maior a porta parecia. Ou talvez ela estivesse chegando mais perto.

Sim, mais perto... Mais perto. Ela perdia a noção de espaço. O crânio agora era tão grande; parecia não ter limites nem forma. Estava todo em volta dela. Tornara-se o mundo. A porta estava bem diante dela.

Ela estava dentro do crânio.

15

A porta não era mais mínima, tinha o tamanho real, o suficiente para Cassie passar por ela. Estava entreaberta e uma luz colorida jorrava do outro lado.

Dentro do crânio, Cassie olhou a porta e seu couro cabeludo formigava. Se estivesse aberta, será que eu poderia entrar?, perguntou-se ela. Mas como posso abri-la?

Talvez, se ela só imaginasse que se abria... No entanto isto não parecia adiantar nada. O que Melanie dissera mesmo? Os cristais nos ajudam a invocar os Poderes. Que Poderes tinham relação com o quartzo transparente? Terra e água? De areia e mar?

Este parecia quase o início de um poema.

Terra e água, areia e mar
Como desejo, deixe-me entrar...

Ela se concentrou na porta, desejando que se abrisse. E enquanto Cassie olhava, parecia que havia mais luz de arco-íris saindo por ela. Mais... E mais. Continuava se abrindo.

Deixe-se chegar mais perto. Agora ela flutuava na frente da porta. Era imensa, como a porta de uma catedral. Abrindo-se... Abrindo-se... Cassie foi banhada pela luz de arco-íris.

Agora! Entre!

Mas neste instante um grito atravessou a garagem.

Era um grito de terror, alto e desvairado, cortando o completo silêncio. A porta parou de se abrir e Cassie se sentiu sendo puxada para trás. A porta recuava, cada vez mais rápido. Depois, pouco antes de ela se encontrar fora do crânio, um rosto lampejou diante de seus olhos. O mesmo rosto que ela vira antes. Mas não recuava; viajava com ela. Ficava maior. Cada vez maior e tão rápido — ia explodir o cristal. Ia...

— Não! — gritou Diana.

Cassie sentiu no mesmo instante, o mal dominante. Algo disparando para eles numa velocidade inacreditável. Algo que precisava ser detido.

Ela nunca soube exatamente o que aconteceu em seguida. Sean estava sentado do outro lado de Faye. Talvez tenha sido ele quem se mexeu primeiro; talvez tenha entrado em pânico e tentado escapulir. De qualquer forma, houve uma comoção. Faye parecia tentar fazer alguma coisa, e Sean a impedia, ou talvez fosse o contrário. Eles lutavam. Diana exclamava: "Não, não!" Cassie não sabia o que fazer.

Tentou conter a retração instintiva que tinha com Faye, mas isso não importava. Faye se atirou para a frente, e Cassie sentiu quando os joelhos de Faye desencostaram dela. O círculo estava rompido e a vela de Faye se apagou.

De imediato todas as outras velas também se apagaram, como se sopradas pelo vento. No mesmo momento Cassie sentiu a coisa em disparada chegar aos limites do cristal.

Explodiu para fora do crânio e passou pelas velas escuras e fumacentas. Cassie não entendia como podia saber disso — tudo estava escuro como breu. Mas ela *sentia*. Podia sentir a coisa correndo como uma escuridão mais negra. Passou por ela numa explosão, soprando seu cabelo para cima e para o lado. Ela levantou um braço para proteger o rosto, mas nessa hora a coisa se foi.

Houve um grito fraco no escuro.

Depois tudo voltou a ficar em silêncio.

— Acendam as *luzes* — disse alguém, ofegante.

De repente Cassie conseguia enxergar. Adam estava de pé, ao lado do interruptor. Diana também se levantara, com o rosto lívido e assustado. Pelo círculo, cada rosto refletia alarme e consternação — menos o de Nick. Estava impassível, como sempre.

Faye se sentava. Parecia ter sido empurrada para trás por uma força tremenda. Com a fúria ardendo nos olhos, ela se virou para Sean.

— Você me empurrou!

— Não empurrei, não! — Sean olhou em volta, procurando apoio. — Ela tentou o crânio! Estava se atirando para ele!

— Você *verme* mentiroso! Estava tentando fugir. Ia romper o círculo.

— Ela...

— Não, eu *não fiz isso*!

— Muito bem! — gritou Diana.

Adam se postou ao lado de Diana.

— Não importa quem fez o quê — disse ele com a voz tensa. — O que importa é essa... energia... que escapou.

— Que energia? — disse Faye de mau humor, procurando hematomas nos cotovelos.

— A energia que a derrubou de costas — disse Diana com raiva.

— Eu *caí*. Porque esse porcaria me empurrou.

— Não — disse Cassie antes que pudesse se reprimir. Ela começava a tremer, reagindo tardiamente. — Eu também senti. Alguma coisa saiu.

— Ah, você sentiu. A especialista. — Faye a olhou com escárnio e desdém. Cassie olhou os outros, que ainda estavam sentados, e se surpreendeu ao ver incerteza na expressão de todos. Mas eles não sentiram também?

— Eu senti... uma coisa — disse Melanie. — Uma coisa escura dentro do crânio. Uma energia negativa.

— O que quer que fosse, foi libertada quando rompemos o círculo — disse Adam. Ele olhou para Diana. — A culpa é minha. Eu não devia ter deixado que isso acontecesse.

— Quer dizer que devia esconder o crânio de nós — disse Faye, asperamente. — Para seu uso pessoal.

— Que diferença isso faz? — exclamou Laurel do outro lado do círculo. — Se alguma coisa *foi* libertada do crânio, está *aqui fora* agora. Fazendo Deus sabe o quê.

— É... ruim — disse Cassie. Ela queria dizer "maligna", mas parecia muito melodramático. No entanto foi o que ela sentiu na coisa escura em disparada. Maligna. Com a intenção de destruir, de prejudicar.

— Temos de impedi-la — disse Adam.

Suzan mexia no botão da blusa.

— Como?

Este silêncio foi longo e desagradável. Adam e Diana se olhavam, parecendo ter uma conversa muda e amargurada. Os irmãos Henderson também telegrafavam alguma coisa, mas não davam a impressão de se importar que houvesse uma coisa assassina e maligna solta na comunidade. Na realidade, no geral, eles pareciam satisfeitos.

— Talvez vá pegar quem matou Kori — propôs Chris por fim.

Diana o olhou.

— É o que você acha? — sua expressão mudou. — Era o que você *estava* pensando quando entramos nele? Era o que você *desejava*?

— A gente só devia tentar ler as últimas impressões — disse Melanie no tom mais colérico que Cassie já ouvira.

Os irmãos Henderson se olharam e deram de ombros. A expressão de Deborah estava em algum ponto entre uma carranca e um riso forçado. Suzan ainda mexia no botão. Nick, inexpressivo, se levantou.

— Parece que, por esta noite, acabou — disse ele.

Diana explodiu.

— Tem toda razão nisso! — gritou ela, surpreendendo Cassie. Ela pegou o crânio. — Agora isto vai para um lugar seguro, onde deveria estar. Para onde deveria ter ido. Eu tinha de saber que vocês eram irresponsáveis demais para lidar com ele. — Abraçada ao crânio, ela saiu da garagem.

Faye de imediato ficou alerta, como um felino que vê o balançar de um rabo de camundongo.

— Não acho que seja uma maneira muito gentil de falar conosco — disse ela numa voz gutural. — Acho que ela não *confia* em nós, não é? Levante a mão... quem quer ser liderado por alguém que não confia em nós.

Se olhar pudesse mutilar, o que Melanie lançou a Faye a teria deixado sem braços e pernas.

— Ah, vá se *danar*, Faye — disse ela com seu sotaque de classe. — Vamos, Laurel — acrescentou ela, levantando-se para seguir Diana até a casa.

Cassie, sem saber o que fazer, seguiu *as duas*. Atrás dela, ouviu Adam dizer a Faye numa voz baixa e mal controlada:

— Eu queria que você fosse homem.

E a resposta aos risos e rouca de Faye:

— Qual é, Adam. Não sabia que suas preferências pendiam para esse lado!

Diana colocava o crânio na travessa novamente quando Adam chegou, em seguida a Cassie. Ele foi até Diana e a abraçou.

Ela se encostou nele por um momento, de olhos fechados, mas não retribuiu o abraço. Depois de um instante, afastou-se.

— Eu estou bem. Só fiquei furiosa com eles e preciso pensar.

Adam se sentou na cama, passando a mão no cabelo.

— Eu *devia* ter guardado segredo — disse ele. — Foi meu orgulho idiota...

— Não — disse Diana. — Teria sido um erro esconder do Círculo algo que pertence a eles.

— Um erro maior do que deixar que o usem por motivos estúpidos e mal-intencionados?

Diana se virou e se encostou no armário.

— Às vezes — disse Adam em voz baixa —, eu me pergunto o que estamos fazendo. Talvez os antigos Poderes devessem continuar adormecidos. Talvez estejamos errados em pensar que podemos lidar com eles.

— O Poder é só Poder — disse Diana, cansada, sem se virar. — Não é bom nem ruim. O modo como o usamos é que é bom ou ruim.

— Mas talvez ninguém possa usá-lo sem terminar por usá-lo mal.

Cassie ouvia de pé, querendo estar em outro lugar. Tinha consciência de que, de uma maneira terrivelmente civilizada, Diana e Adam estavam tendo uma briga. Ela encarou os olhos de Laurel e viu que a menina se sentia igualmente pouco à vontade.

— Não acredito nisso — disse Diana, por fim, suavemente. — Nem acredito que as pessoas sejam tão irremediáveis. Tão *más*.

A expressão de Adam era fria e nostálgica, como se ele quisesse poder partilhar das crenças de Diana.

Cassie, olhando seu rosto, sentiu uma pontada de dor, depois uma onda de vertigem. Ela se remexeu, procurando onde se sentar.

Diana de imediato se virou.

— Você está bem? Está branca feito um fantasma.

Cassie assentiu e deu de ombros.

— Só um pouco tonta... Acho que é melhor ir para casa...

A raiva tinha ido embora dos olhos de Diana.

— Tudo bem — disse ela. — Mas não quero que ande por aí sozinha. Adam, poderia acompanhá-la? Pela praia é mais rápido.

Cassie abriu a boca, apavorada por reflexo. Mas Adam assentiu rapidamente.

— Claro — disse ele. — Mas não quero deixar *você* sozinha...

— Quero que Melanie e Laurel fiquem — disse Diana. — Quero começar a purificar esse crânio direito, com essências florais — olhou para Laurel — e outros cristais. — Ela olhou para Melanie. — Não me importa que leve a noite toda; preciso deixar tudo preparado. E quero começar agora. Neste minuto.

As duas meninas assentiram. O mesmo fez Adam.

— Tudo bem — disse ele.

E Cassie, que estivera de pé com a boca aberta, de repente pensou numa coisa e assentiu também. Sua mão automaticamente afagou no bolso do jeans para sentir o volume pequeno e duro ali.

E foi assim que ela se viu andando pela praia, sozinha com Adam.

Não havia luar naquela noite. As estrelas brilhavam com uma luminosidade feroz e gélida. As ondas rugiam e sibilavam na praia.

Nada romântico. Bruto. Primitivo. Se não fosse pelas luzes fracas das casas no alto do penhasco, eles podiam estar a milhares de quilômetros da civilização.

Eles estavam quase na trilha estreita que subia a escarpa até o número 12 quando Adam perguntou a ela. No fundo ela sabia que não podia evitar isso para sempre.

— Por que não quer que ninguém saiba que já nos conhecemos? — disse ele simplesmente.

Cassie respirou fundo. Agora era hora de ver que tipo de atriz ela era. Estava muito calma; sabia o que precisava fazer, e de algum modo faria. Ela *precisava* agir, por Diana... E por ele.

— Ah, sei lá — disse ela, e admirou-se de ouvir sua voz despreocupada. — Só não queria que ninguém... Como Suzan ou Faye... Tivesse a impressão errada. Você não se importa, não é? Não parece muito importante.

Adam a olhava de um jeito estranho, hesitante, mas assentiu.

— Se é o que você quer, não vou mais falar no assunto — disse ele.

O alívio tomou Cassie, e ela conseguiu manter a leveza na voz.

— Tudo bem, obrigada. *Ah*, a propósito — continuou ela, colocando a mão no bolso. — Eu pretendia devolver isso a você. Tome. — Era estranho como seus dedos pareciam se colar na calcedônia rosa, mas conseguiu abri-los e colocar a pedra na mão dele. Ficou em sua palma, os cristais de quartzo parecendo capturar um pouco da luz das estrelas.

— Obrigada por me emprestar — disse ela. — Mas agora que sou oficialmente uma bruxa, acredito que encontrarei minhas próprias pedras com que trabalhar. E além disso — ela curvou os lábios num sorriso brincalhão —, não queremos que ninguém tenha a impressão errada sobre *isso* também, né?

Ela jamais na vida agiu assim com um garoto, brincalhona, despreocupada e confiante. Quase sedutora, enquanto deixava claro que não pretendia nada com isso. E era tão *fácil* — ela nunca imaginou que podia ser tão fácil. Vinha, supôs Cassie, do fato de que ela interpretava uma personagem. Não era Cassie parada ali; era outra pessoa, alguém que não tinha medo, porque o pior já acontecera e não havia mais nada a temer.

Um sorriso torto apareceu de leve nos lábios de Adam, como se ele estivesse reagindo automaticamente ao tom de Cassie, mas desapareceu quase de imediato. Ele a olhava com intensidade e ela se obrigou a retribuir seu olhar com brandura e inocência, como retribuiu o de Jordan na praia naquele dia de agosto. *Acredite em mim*, pensou ela, e desta vez sabia do poder de seus pensamentos, o poder que podia invocar para impor sua vontade. *Céu e água, areia e mar; Como desejo, façam-no acreditar.* Acredite em mim, Adam; acredite. Acredite em mim.

Ele desviou os olhos dela de repente, virando-se incisivamente para o mar. Lembrou-a, para sua surpresa, do modo como a própria Cassie se afastou do olhar hipnótico de Faye.

— Você mudou — disse ele, e não havia espanto em sua voz. Depois ele se virou para fitá-la com aquele olhar duro e implacável de novo. — Você mudou de verdade.

— É claro. Agora sou uma bruxa — disse ela com sensatez. — Devia ter me contado isso no início... Teria nos poupado de muitos problemas — acrescentou ela num tom de censura.

— Não sei. Eu sentia... alguma coisa... em você, mas nunca pensei que seria uma de nós.

— Ah, bem, tudo ficou bem no final — disse Cassie rapidamente. Ela não gostava que ele falasse do que sentiu nela. Era perigoso demais. — De qualquer maneira, obrigada por me trazer em casa. É aqui que eu subo.

Com um último sorriso, ela se virou e rapidamente subiu a trilha estreita. Nem acreditava nisso. Ela conseguiu! O alívio que a tomou era doloroso, e quando chegou ao alto da trilha e viu sua casa, seus joelhos fraquejaram. Ah, obrigada, pensou ela, partindo para a casa.

— Espere — uma voz de autoridade disse atrás dela.

Eu devia saber que não seria tão fácil, pensou Cassie. Devagar, mantendo-se inexpressiva, ela girou para olhá-lo.

A luz fraca de cima se refletia no rosto de Adam, parado na escarpa, com o mar por trás. Aquelas maçãs do rosto definidas, aqueles lábios simpáticos e expressivos. Não havia humor agora. Seus olhos eram tão afiados e penetrantes como na ocasião em que ele a olhou depois de Jordan e Logan naquele dia na praia, irradiando um poder que ela não compreendia, e a assustava. Eles a assustavam agora.

— Você é boa — disse ele. — Mas não sou um completo idiota. Tem alguma coisa que não está me contando e quero saber o que é.

— Não, não quer — as palavras escaparam de seus lábios antes que ela pudesse impedir, mas a sinceridade era inconfundível. — Quero dizer... Não tenho nada para dizer a você.

— Me escute — disse ele e, para desalento de Cassie, ele chegou mais perto. — Quando eu a conheci — continuou —, não sabia que você era uma de nós. Como poderia? Mas eu sabia que você era diferente daquela sua amiga falsa. Não era só outra menina bonita, mas alguém especial.

Bonita? Ele me achava bonita? Cassie pensava como louca. A calma inocente a deixava e Cassie se agarrava a ela desesperadamente. Aparente frieza e desinteresse, ela ordenou a si mesma. Uma curiosidade educada. Não deixe transparecer *nada*.

Os olhos cinza-azulados de Adam faiscavam, o rosto orgulhoso e singular claramente revelando sua raiva. Mas era a mágoa no fundo daqueles olhos que mais confundia Cassie.

— Você não era como nenhuma garota que eu conhecia lá fora... Você aceitava as coisas misteriosas... Até as místicas... Sem ter medo delas nem tentar destruí-las. Você era... receptiva. Tolerante. Não agia no automático, odiando e rejeitando o que fosse diferente.

— Não tão tolerante como Diana. Diana é a mais...

— Isso não tem nada a ver com Diana! — disse ele, e Cassie percebeu que falava sério. Ele era tão inteiramente sincero e franco que a traição nem passava por sua cabeça. — Eu *pensei* — continuou ele — que você era uma pessoa em quem eu poderia confiar. Até a minha vida. E quando a vi enfrentar Jordan... Um cara praticamente com o dobro de seu tamanho... vi que eu tinha razão. Foi uma das coisas mais corajosas que já vi... E ainda por cima por um estranho. Você deixou que ele a *machucasse* por mim, e nem quis que eu soubesse disso.

Não demonstre *nada*, pensou Cassie. Nada.

— E depois, senti uma coisa especial por você. Uma compreensão especial. Não sei explicar. Mas eu penso nisso desde então. Pensei muito nisso, Cassie, e estava esperando para contar a Diana sobre você. Eu queria que ela soubesse que tinha razão, que havia marginais que podiam lidar com a gente, que mereciam confiança. Que podiam ser amigos da magia. Ela há muito tempo tenta conseguir que o Clube acredite nisso. Eu queria dizer a ela que você abriu meus olhos... De muitas maneiras. Depois que a deixei, até parecia ver mais quando saía nos barcos de pesca procurando pelas Chaves Mestras. Eu olhava as ilhas enquanto estávamos lá fora jogando as iscas e de repente senti que podia ver com mais clareza... Ou como se o mar me revelasse coisas. Ajudando-me. Eu queria dizer isso a Diana também, e ver se ela teria uma explicação.

— E nesse tempo todo — concluiu Adam, voltando todo o poder de seus olhos cinza-azulados para Cassie —, nunca me lamentei por ter lhe dado a calcedônia rosa... Embora nunca tivéssemos feito isso com marginais. Eu esperava que você nunca tivesse problemas para precisar dela, mas queria estar presente, se tivesse. Se um dia fizesse o que eu lhe disse, segurasse a pedra com força no punho e pensasse em mim, eu saberia e a teria localizado, onde quer que estivesse. Eu achei que você era especial.

Seria verdade?, perguntou-se Cassie, num torpor. Em todas as vezes que segurou a pedra — mas nunca a segurou com força no punho e pensou somente nele. Nunca seguiu suas instruções porque jamais acreditou em magia.

— E agora eu volto... E descubro que você não é uma marginal. Só meio marginal. Eu fiquei *feliz* por vê-la aqui, e por saber que se uniu ao Círculo. E pelo que Diana disse, ela viu que você era especial logo de cara. Mas eu não podia contar que te conhecia... Porque, por algum motivo, você não queria que as pessoas soubessem. Respeitei isso; fiquei de boca fechada e imaginei que você explicaria quando pudesse. E em vez disso... — ele gesticulou, abrangendo tudo — isto. Você me deu um gelo a semana toda e agora age como se não tivesse acontecido nada entre nós. Você até apelou aos Poderes contra mim, para me fazer acreditar numa mentira. E agora quero saber *por quê*.

Silêncio. Cassie ouvia as ondas abaixo, como um trovão suave e ritmado. Sentia o cheiro do ar frio e claro da noite. E por fim, como se impelida, ela ergueu os olhos ao rosto dele. Ele tinha razão; não podia mentir para ele. Mesmo que risse, mesmo que tivesse *pena* dela, Cassie teria de lhe dar a verdade.

— Por que eu estou apaixonada por você — disse ela simplesmente e em voz baixa. Depois ela não se permitiu virar a cara.

Ele não riu.

Ficou olhando, porém, como se não acreditasse. Sem entender o que pensava ter ouvido dela.

— Naquele dia na praia, eu também senti uma coisa especial — disse ela. — Mas eu senti... mais. Senti como se fôssemos... conectados de alguma maneira. Como se estivéssemos sendo atraídos. Como se pertencêssemos um ao outro.

Cassie via a confusão nos olhos de Adam — como a confusão que rodopiava por ela própria quando encontrou o corpo de Kori.

— Sei que parece idiotice — disse ela. — Nem eu acredito que estou te dizendo isso... Mas você pediu a verdade. Tudo o que senti naquele dia na praia foi errado, agora eu sei disso. Você tem a *Diana*. Ninguém em seu juízo perfeito ia querer mais. Mas naquele dia... Eu tive todo tipo de ideias idiotas. Na verdade pensei que podia ver alguma coisa nos ligando, como um cordão de prata. E me senti tão próxima de você, como se nos entendêssemos. Como se tivéssemos *nascido* um para o outro e não houvesse sentido em resistir...

— Cassie — disse ele. Seus olhos estavam negros de emoção. Um olhar de... Do quê? De completa incredulidade? Repugnância?

— Eu *sei* agora que não é verdade — disse ela, desamparada. — Mas na época não percebi. E quando você ficou tão perto de mim, me olhando, eu pensei que fosse...

— Cassie.

Era como se suas palavras tivessem conjurado algo mágico no ar, ou como se suas próprias percepções tivessem se aguçado. A respiração ficou presa na garganta enquanto ela revia tudo. O cordão prateado. Ele zumbia e cintilava, mais poderoso e vibrante do que nunca, ligando os dois. Era como se seu coração estivesse diretamente conectado ao dele. Sua respiração lhe vinha cada vez mais acelerada e ela levantou os olhos ao rosto dele, atordoada.

Eles se olharam nos olhos. E nesse instante Cassie reconheceu a emoção que antes havia conferido uma sombra àqueles olhos cinza-azulados.

Não era incredulidade, mas percepção. Uma revelação e um assombro que deixaram os joelhos de Cassie fracos.

Ele estava... Se lembrando, pensou ela. E vendo o que aconteceu entre eles sob uma nova ótica. Percebendo num nível consciente o que sentira naquele dia.

Ela sabia disso com clareza, como se ele lhe tivesse dito verbalmente. Ela o *conhecia*. Podia sentir cada batida do coração dele, percebia o mundo pelos olhos dele. Podia até ver a si mesma como ele a via. Uma criatura frágil e tímida de uma beleza meio oculta, como uma flor silvestre na sombra de uma árvore, mas com um cerne de aço reluzente. E como podia ver a si mesma, Cassie podia sentir os sentimentos dele por ela...

Ah, o que estava *acontecendo*? O mundo se imobilizou e só continha os dois. Os olhos de Adam pareciam arregalados e assustados, as pupilas enormes, e ela sentiu que caía neles enquanto ele a fitava. Uma mecha do cabelo dele caíra na testa, aquele cabelo maravilhoso, ondulado e embaraçado que tinha todas as cores do outono de New England. Ele era como um deus da floresta que saía à luz das estrelas para cortejar uma tímida ninfa das árvores, e era irresistível.

— Adam — disse ela. — Nós...

Mas ela não terminou a frase. Ele estava perto demais de Cassie; ela sentia seu calor, a energia entre eles se fundindo. Sentia as mãos dele em concha em seus cotovelos. Depois lentamente, bem devagar, ela foi puxada para ele até que seus braços estavam em volta dela, abraçando-a inteiramente. O cordão prateado não podia mais ser negado.

16

Cassie devia tê-lo empurrado, devia ter fugido dele. Em vez disso, ofegante, enterrou a cabeça em seu ombro, no conforto de seu suéter grosso. Sentia o calor em volta dela, ancorando-a, mantendo-a segura. Protegendo-a. Ele tinha um cheiro tão bom — de folhas de outono, fogueiras e vento do mar. O coração de Cassie martelava.

Foi então que Cassie entendeu o que significava *amor proibido*. Significava isto, esse querer tanto, sentir o assombro, saber que era *errado*. Ela sentiu Adam se afastar um pouco. Olhou-o e entendeu que ele estava tão estupefato quanto ela.

— Não podemos — disse ele numa voz abafada. — *Não podemos...*

Olhando para Adam, vendo só os olhos dele, a cor do mar na noite em que lhe sussurrou para se afogar nele, os lábios de Cassie se mexeram formando um "não" mudo. Foi quando ele a beijou.

E nesse instante perdeu-se todo pensamento coerente. Ela foi levada por uma onda salgada de pura *sensação*. Como ser apanhada por uma onda de maré, puxada para baixo, tombando indefesa de pernas para o ar sem ter como parar. Ela morria, mas tão docemente.

Ela tremia, não possuía ossos. Se ele não a estivesse segurando, Cassie teria caído. Nenhum garoto a fez se sentir assim. Não havia nada a fazer naquela confusão louca e intensa, apenas se render, dar-se a isto inteiramente.

Cada onda de doçura era maior que a anterior. Ela estava quase desfalecida de prazer e não queria mais resistir. Apesar da veemência, da impulsividade, Cassie não tinha medo. Porque podia confiar nele. Ele a levava, de olhos abertos e maravilhados, a um mundo que ela nem sabia que existia.

E ele ainda a beijava sem parar — os dois estavam inebriados, tontos da loucura de tudo isso. Ela sabia que seu rosto e seu pescoço coravam loucamente; sentia o calor que produziam juntos.

Cassie não sabia quanto tempo ficaram assim, presos num abraço que devia ter derretido pedra em volta dos dois. Só sabia que em algum momento depois, sem soltá-la, ele a guiava para se sentar em uma rocha de granito. A respiração de Cassie se desacelerou e ela enterrou a cara de novo em seu ombro.

E ali ela encontrou a paz. A paixão incontrolável enfim deu lugar a uma sonolência cálida e lânguida. Ela estava segura, tinha seu lugar. E era tão simples, tão lindo.

— Cassie — disse ele, numa voz que ela nunca o ouvira usar, e naquele som seu coração se dissolveu e saiu do corpo, evaporando pelas solas dos pés e as palmas das mãos, pelas pontas dos dedos. Ela jamais seria a mesma de novo.

— Eu te amo — completou.

Ela fechou os olhos sem dizer nada. Sentia-o pousar os lábios abertos em seu cabelo.

O cordão de prata os envolvia num casulo reluzente, como água parada e iluminada pela lua. A loucura tinha acabado. Tudo era tão tranquilo, tão silencioso. Cassie sentia que podia flutuar ali para sempre.

Meu destino, pensou. Ela enfim o encontrou. Todo instante de sua vida existiu para levá-la a *isto*. Por que teve tanto medo, por que quis escapar disso? Só o que havia ali era júbilo. Ela jamais teria medo de novo...

E então ela se lembrou.

Uma onda de puro terror a golpeou. Ah, meu Deus, o que foi que *fizemos*?, pensou ela.

Cassie se afastou tão bruscamente que ele teve de segurá-la para ela não cair de costas.

— Ah, meu *Deus* — disse ela, sentindo o horror substituir tudo o mais dentro de si. — Ah, meu Deus, Adam, como pudemos? — sussurrou ela.

Por um momento os olhos dele perderam o foco, abertos mas sem nada ver, como se ele não entendesse por que ela rompera o lindo transe dos dois. Mas ela viu a percepção lhe chegar e seu olhar cinza-azulado se despedaçou. A pura angústia brilhava nos olhos dele.

Ainda nos braços de Adam, ainda olhando para ele, Cassie começou a chorar.

Como deixaram que isso acontecesse? Como pôde fazer isso com Diana? Diana, que a resgatou, que a tomou como amiga, que *confiava* nela. Diana, a quem ela amava.

Adam pertencia a Diana. Cassie sabia que Diana nunca pensou na vida sem Adam, que todos os planos, esperanças e sonhos de Diana o envolviam. Diana e Adam deviam ficar juntos para sempre...

Ela pensou nos olhos verdes e marcantes de Diana brilhando ao verem Adam, no olhar terno e radiante de Diana ao falar dele.

E Adam também amava Diana. Cassie sabia disso com a certeza de seus próprios sentimentos. Adam idolatrava Diana; adorava-a com um amor puro, forte e indestrutível, como o de Diana por ele.

Mas Cassie agora sabia que Adam também a amava. Como se pode amar duas pessoas? Como se pode estar apaixonado por duas pessoas ao mesmo tempo? Ainda assim, não havia como negar. A química entre ela e Adam; a empatia, o laço que os atraía não podia ser ignorado. Claramente, *era* possível amar duas pessoas diferentes ao mesmo tempo.

E Diana tinha a preferência.

— Você ainda a ama — sussurrou Cassie, precisando confirmar isto. Uma dor começava em seu cerne.

Ele fechou os olhos.

— Sim — a voz era entrecortada. — Meu Deus, Cassie... Eu sinto tanto...

— Não, isso é bom — disse ela. Agora Cassie conhecia a dor. Era a dor da perda, do vazio, e crescia. — Porque eu também amo. E não quero magoá-la. Jamais quis magoá-la. Por isso prometi a mim mesma que nunca deixaria que você soubesse...

— A culpa é minha — disse ele, e ela podia ouvir a autocondenação em sua voz. — Eu devia ter percebido antes. Devia ter reconhecido como eu me sentia, e lidaria com isso. Mas obriguei você a fazer exatamente o que tentava evitar.

— Você não me obrigou — disse Cassie com suavidade e sinceridade. Sua voz era baixa e firme; tudo era simples e claro de novo, e ela sabia o que precisava fazer. — Foi culpa de nós dois. Mas isso não importa; só o que importa é que não pode acontecer novamente. Precisamos ter certeza disso, de alguma maneira.

— Mas como? — disse ele num tom desanimado. — Podemos nos arrepender de tudo o que queremos... Eu posso odiar a mim mesmo... Mas se um dia ficarmos a sós de novo... Não sei o que vai acontecer.

— Então não podemos ficar a sós. Nunca. E não podemos nos sentar ao lado do outro nem nos tocar nem mesmo nos permitir pensar nisso. — Ela lhe dizia o que fazer, mas não tinha medo. Só a certeza do que estava dizendo.

Os olhos dele eram sombrios.

— Admiro seu autocontrole — disse ele, ainda mais desanimado.

— Adam — disse ela, e se sentiu derreter por dentro ao pronunciar o nome dele. — *Precisamos* fazer isso. Quando você voltou na terça à noite, depois da minha iniciação, quando percebi que você e Diana... Bem, naquela noite eu jurei que nunca deixaria Diana se magoar pelo que eu sinto por você. Jurei que nunca a trairia. *Você* quer traí-la?

Houve silêncio, e ela sentiu o erguer involuntário dos pulmões dele. E intimamente ela sentiu a agonia dele. Depois Adam soltou a respiração e fechou os olhos. Quando os abriu, ela viu a resposta antes que ele a falasse, e sentiu enquanto os braços dele a soltavam e ele se sentava ereto, o ar frio correndo entre os dois, separando-os enfim.

— Não — disse ele, e havia uma nova força em sua voz. E em seu rosto, uma nova resolução.

Eles se olharam então, não como amantes, mas como soldados. Como companheiros de armas decididos a alcançar um objetivo comum. A paixão dos dois foi trancafiada, tão fundo que ninguém mais podia sequer vê-la. Era uma nova proximidade, talvez ainda mais íntima que a confiança entre namorados. O que quer que acontecesse, independentemente do que lhes custasse, eles não trairiam a garota que ambos amavam.

Ele então falou, olhando bem nos olhos de Cassie.

— Que juramento foi esse que você fez naquela noite? Retirou do Livro das Sombras de alguém?

— Não — disse Cassie, depois parou. — Não sei — esclareceu ela. — Pensei que eu estivesse inventando, mas agora parece que pode ter vindo de algum lugar mais distante. Simplesmente saiu: "Nem por palavra, olhar ou gesto...".

Ele assentia.

— Já li esses versos. São antigos... E poderosos. Você invoca os quatro Poderes para testemunhar por você e, se romper o juramento, eles estão livres para se erguer contra você. Quer jurar de novo agora? Comigo?

A subitaneidade da pergunta lhe tirou o fôlego. Mas ela ficaria eternamente orgulhosa de si mesma por falar com clareza e sem hesitação:

— Sim.

— Precisamos de sangue. — Ele se levantou e pegou uma faca no bolso de trás. Cassie pensou que ficaria surpresa, depois concluiu que não. Por mais legal que Adam fosse, ele estava acostumado a se cuidar.

Sem nenhum floreio, ele cortou a palma da mão. O sangue apareceu escuro na fraca luz prateada. Depois ele lhe entregou a faca.

Cassie prendeu a respiração. Não era corajosa, odiava a dor... Mas trincou os dentes e pôs a faca contra a palma da mão. *Só pense na dor que você podia ter causado a Diana*, pensou ela, e com um movimento rápido, puxou a faca para baixo. Doeu, mas ela não fez ruído nenhum.

Ela olhou para Adam.

— Agora, repita o que eu disser — disse ele. Adam ergueu a mão para o céu estrelado. — Fogo, Ar, Terra, Água.

— Fogo, Ar, Terra, Água...

— Ouçam e testemunhem.

— Ouçam e testemunhem. — Apesar das palavras simples, Cassie sentiu que os elementos foram evocados e ouviam. A noite teve uma eletricidade súbita e as estrelas no alto pareciam arder mais frias e mais brilhantes. Arrepios apareceram em sua pele.

Adam virou a mão de lado para que as gotas escuras caíssem na relva da praia e na terra arenosa. Cassie olhava, hipnotizada.

— Eu, Adam, juro não trair minha confiança... Não trair Diana — disse ele.

— Eu, Cassie, juro não trair minha confiança... — sussurrou, e viu o próprio sangue escorrer da mão.

— Nem por palavras, olhares ou gestos, desperto ou dormindo, pela fala ou pelo silêncio...

Ela repetiu aos sussurros.

— ... nesta terra ou em qualquer outra. Se eu trair, que o fogo me queime, que o ar me sufoque, que a terra me devore e a água cubra meu túmulo.

Ela repetiu. Enquanto dizia as últimas palavras, "e a água cubra meu túmulo", ela sentiu um *estalo*, como se algo tivesse sido colocado em movimento. Como se o tecido do espaço e do tempo ali tivesse sido puxado e ressoasse de volta a seu lugar. De respiração suspensa, ela escutou por um momento.

Depois olhou para Adam.

— Acabou — sussurrou ela, e não quis dizer o juramento.

Os olhos dele eram como as trevas margeadas de prata.

— Acabou — disse ele, estendendo a palma da mão ensanguentada para ela. Cassie hesitou, depois pegou a mão dele. Sentiu, ou imaginou sentir, que o sangue dos dois se misturava, caindo no chão juntos. Um símbolo do que nunca poderia ser.

Depois, lentamente, ele a soltou.

— Você vai devolver a pedra a Diana? — perguntou ela numa voz firme.

Ele pegou a pedra de calcedônia no bolso, segurando-a na palma que ainda estava úmida.

— Vou dar a ela.

Cassie assentiu. Não podia dizer o que queria, que onde quer que a pedra estivesse, Adam estaria.

— Boa noite, Adam — disse ela suavemente, olhando-o parado ali na escarpa com o céu noturno por trás. Depois ela se virou e andou para as janelas iluminadas da casa de sua avó. E desta vez ele não a chamou de volta.

* * *

— Ah, sim — disse a avó de Cassie. — Isto estava no hall da frente esta manhã. Alguém deve ter colocado pela abertura de correio. — Ela entregou um envelope a Cassie.

Elas estavam sentadas à mesa de café da manhã, o sol de domingo brilhando pelas janelas. Cassie estava atordoada com a normalidade de tudo aquilo.

Mas bastou uma olhada no envelope para seu coração afundar. Seu nome estava escrito na frente em uma letra grande e descuidada. A tinta era vermelha.

Ela o abriu e leu o bilhete dentro enquanto seus cereais se encharcavam. Dizia:

Cassie
Note que desta vez estou usando meu nome. Venha a minha casa (número 6) em alguma hora hoje. Tenho uma coisa especial que queria conversar com você. Acredite, não vai querer perder isso.
Com amor e beijos,
Faye
P.S.: Não conte a ninguém do Clube que virá me ver. Você entenderá quando chegar aqui.

Cassie tremia, alarmada. Seu primeiro impulso foi telefonar para Diana, mas se Diana ficou a noite toda acordada purificando o crânio, devia estar esgotada. Faye era a última coisa com que precisava lidar.

Tudo bem, não vou incomodá-la, pensou Cassie com severidade. Primeiro verei o que Faye está aprontando. Algo sobre a cerimônia, aposto. Ou talvez vá pedir uma eleição de liderança.

A casa de Faye era uma das mais bonitas da rua. Uma empregada abriu a porta para Cassie e ela se lembrou de Diana dizendo que a mãe de Faye tinha morrido. Havia muitas famílias de pais sozinhos na Crowhaven Road.

O quarto de Faye era um quarto de menina rica. Telefone sem fio, computador, TV com vídeo, toneladas de CDs. Flores imensas e esparramadas decoravam tudo, inclusive a cama elevada com travesseiros macios e almofadas bordadas. Cassie se sentou no banco da janela, esperando que Faye aparecesse. Havia velas vermelhas, apagadas, na mesa de cabeceira.

De repente os babados da cama se agitaram e apareceu a cara de um gatinho cor de laranja. Foi seguido quase de imediato por um cinza.

— Ah, que lindinho — disse Cassie, encantada, mas a contragosto. Jamais adivinharia que Faye era do tipo de ter gatinhos. Ficou sentada sem se mexer e para seu prazer as duas criaturinhas saíram inteiramente. Pularam no banco da janela e foram até ela, ronronando como motores de barco.

Cassie riu e se encolheu enquanto um dos gatinhos subia em seu suéter e se empoleirava, precariamente, em seu ombro. Eram gatinhos lindos, o cor de laranja fofo e espigado com pelo de filhote, o cinza suave e limpo. As garras mínimas fizeram cócegas nela ao subirem por seu corpo. O cor de laranja chegou a seu cabelo e apalpou abruptamente atrás de sua orelha, e Cassie riu de novo.

Ele tentava mamar, pressionando as patinhas em seu pescoço. Ela sentia o focinho frio. O cinza fazia o mesmo do outro lado. Ah, que lindos, que coisinhas lindas...

— *Ai!* — gritou ela. — Ai... Ah, não! Saia daí! Saia!

Ela empurrou os dois corpinhos, tentando retirá-los. Eles estavam embolados em seu cabelo e se seguravam com as garras — e os dentes. Quando Cassie finalmente conseguiu afastá-los, quase os atirou no chão. Depois suas mãos foram rapidamente ao pescoço.

Os dedos voltaram molhados. Ela olhou o vermelho, chocada.

Eles a *morderam*, os monstrinhos. E agora estavam sentados no chão e lambiam recatadamente o sangue das garras. Uma onda de repulsa violenta passou por Cassie.

Da porta, Faye riu.

— Talvez eles não tenham obtido todas as vitaminas e minerais com a ração de gato — disse ela.

Ela estava deslumbrante esta manhã. O cabelo preto e despenteado ainda parecia molhado e caía em cascata por metros de cachos naturais. A pele estava úmida e brilhava contra o roupão vinho.

Eu não devia ter vindo, pensou Cassie, sentindo uma onda de medo irracional. Mas Faye não se atreveria a machucá-la agora. Diana descobriria, o Círculo descobriria. Faye deve saber que não pode se safar dessa.

Faye se sentou na cama.

— E o que achou da cerimônia de ontem à noite? — perguntou ela despreocupadamente.

Eu sabia.

— Foi ótima até que *alguma coisa* saiu errada — disse Cassie. Depois ela olhou para Faye de novo.

Faye soltou sua risada farta e lenta.

— Ah, Cassie. Eu gosto de você. Gosto de verdade. Vi que havia algo de especial em você desde o início. E sei que não começamos muito bem, mas acho que isso agora vai mudar. Acho que seremos boas amigas.

Cassie ficou sem fala por um momento. Depois conseguiu dizer:

— Eu acho que não, Faye.

— Mas *eu* acho que sim, Cassie. E é isso que importa.

— Faye... — De algum modo, depois da noite passada, Cassie descobriu que tinha coragem de dizer coisas que nem sonharia falar antes. — Faye, não acho que você e eu tenhamos muito em comum. E não acho que eu *queira* ser sua amiga.

Faye se limitou a sorrir.

— Isso é péssimo — disse ela. — Porque, veja você, eu sei de uma coisa, Cassie. E acho que é o tipo de coisa que você só pode querer que uma boa amiga saiba.

O mundo oscilou sob os pés de Cassie.

Faye não podia estar falando... Ah, ela não podia estar falando do que Cassie pensava. Cassie olhou a menina mais velha, sentindo algo parecido com gelo resfriar seu estômago.

— Veja você — continuou Faye —, por acaso eu tenho muitos outros amigos. E eles me contam coisas, coisas interessantes que veem e ouvem por aí, pelo bairro. E sabe? Ontem à noite um desses amigos viu uma coisa muito, mas muito interessante na escarpa.

Cassie ficou sentada, sua visão ficando embaçada.

— Viram duas pessoas na escarpa perto do número 12. E essas duas pessoas estavam... Bem, direi que estavam ficando muito amigas: muito amigas mesmo. Foi bem íntimo, pelo que me disseram.

Cassie tentou falar, mas não saiu nada.

— E você nem acreditará em quem eram essas duas pessoas! Eu mesma não teria acreditado, só que me lembrei de um poema que li em algum lugar. Agora, como era mesmo? *Toda noite eu me deito e sonho com aquele...*

— Faye! — Cassie se colocou de pé.

Faye sorriu.

— Acho que entendeu o que quis dizer. Diana não leu esse poeminha, não é? Acho que não. Bem, Cassie, se não quiser que ela saiba disso, ou do que aconteceu na escarpa ontem à noite, eu diria que é melhor você começar a ser minha amiga, e rápido, não acha?

— Eu não gostaria disso — disse Cassie. Estava quente e tremia de fúria, de medo. — Você não entende nada...

— Claro que entendo. Adam é muito atraente. E eu sempre desconfiei que a rotina de "fidelidade eterna" deles era só fingimento. Eu não a culpo, Cassie. É muito natural...

— Não foi isso o que aconteceu. Não há nada entre nós...

Faye sorriu com malícia.

— Pelo que eu soube, *houve* uma coisinha entre vocês ontem à noite... Desculpe. Não, na verdade prefiro acreditar em você, Cassie, mas me pergunto se Diana verá da mesma maneira. Em especial depois de saber como você se esqueceu convenientemente de mencionar que conheceu o namorado dela no verão... Quando ele *despertou* você, suponho. Como era aquele poema mesmo?

— Não... — sussurrou Cassie.

— E depois, o jeito com que você olhou para Adam quando ele apareceu depois da cerimônia de iniciação... Bem, a Diana não viu isso, mas eu tenho de admitir que minhas desconfianças aumentaram. A ceninha na escarpa só confirmou tudo. Quando eu contar a Diana...

— Você *não pode* — disse Cassie desesperadamente. — Não pode contar a ela. Por favor, Faye. Ela não iria entender. Não foi nada disso, mas Diana não iria *entender*.

Faye estalou a língua.

— Mas Cassie, Diana é minha prima. Minha parente de sangue. Eu *tenho* de contar a ela.

Cassie se sentia um rato correndo freneticamente por um labirinto, procurando uma saída que não existia. O pânico latejava em seus ouvidos. Faye *não podia* contar a Diana. Isso não podia acontecer. A ideia de como Diana ficaria — de como olharia para Cassie...

E para Adam. Era quase pior. Ela pensaria que eles a traíram, que Cassie e Adam verdadeiramente a traíram. E como Cassie ficaria então... Como Adam ficaria...

Cassie suportaria qualquer coisa, menos isso.

— Você não pode — cochichou ela. — Não pode.

— Bem, Cassie, eu já te disse. Se fôssemos *amigas*, boas amigas de verdade, eu poderia guardar seu segredo. Diana e eu podemos ser primas, mas eu faço qualquer coisa por meus amigos. E — disse Faye deliberadamente, os olhos cor de mel jamais deixando o rosto de Cassie — espero que eles façam o mesmo por mim.

Foi então, enfim, que Cassie percebeu de que se tratava tudo isso. Tudo ficou imóvel em volta dela, parado demais. Seu coração deu um grande baque e pareceu afundar como chumbo. Caindo cada vez mais, sem parar.

Do fundo de um poço, ela perguntou a Faye numa voz oca:

— Que tipo de coisa?

Faye sorriu. Recostou-se na cama, relaxada, o roupão se separando e revelando uma perna torneada e despida.

— Bem, vejamos — disse ela lentamente, arrastando o momento, saboreando-o. — Sei que tem alguma coisa... Ah, sim, eu gostaria muito que você pegasse aquele crânio de cristal que Adam encontrou. Tenho certeza de que sabe onde Diana está guardando. E se não sabe, tenho certeza de que pode descobrir.

— *Não* — disse Cassie, apavorada.

— Sim — disse Faye, e sorriu de novo. — É isso o que eu quero, Cassie. Que mostre a boa amiga que você é. Nada mais mostrará.

— Faye, você *viu* o que aconteceu na noite passada. Aquele crânio é maligno. Já tem alguma coisa medonha à solta por causa dele... Se o usar de novo, quem sabe o que pode acontecer? — E, a mente de Cassie sugeriu entorpecida de repente, quem sabia que *uso* Faye estaria planejando para ele? — Por que o quer? — perguntou ela.

Faye balançou a cabeça com tolerância.

— Este é meu segredinho. Talvez, se ficarmos boas amigas, eu te mostre depois.

— Não vou fazer isso. Não *posso*. Não posso, Faye.

— Ah, que pena. — As sobrancelhas de Faye se ergueram e ela torceu os lábios grossos. — Porque isso quer dizer que terei de ligar para Diana. Acho que minha prima tem o direito de saber o que o namorado dela anda fazendo.

Ela pegou o telefone e apertou botões com um dedo elegante de pontas escarlate.

— Alô, Diana? É você?

— Não! — Cassie gritou e pegou o braço dela. Faye apertou o botão mute.

— Isso quer dizer — disse ela a Cassie — que temos um acordo?

Cassie não conseguia formar nem um sim nem um não.

Faye estendeu a mão e pegou o queixo de Cassie, como fez naquele primeiro dia na escola. Cassie sentia a dureza das unhas compridas, a frieza e a força dos dedos de Faye. Ela a encarava com aqueles olhos, aqueles estranhos olhos cor de mel. Os falcões tinham olhos amarelos, pensou Cassie de repente, como louca. E os dedos de Faye a seguravam como garras. Não havia escapatória. Ela estava presa... Apanhada... Como um ratinho pego por uma ave de rapina.

Os olhos dourados ainda a fitavam... Dentro dela. Cassie ficou tão tonta, tão temerosa. E desta vez não havia pedra sob seus pés para estabilizá-la. Ela estava no quarto de Faye no segundo andar, presa, longe de qualquer ajuda.

— Temos um acordo? — disse Faye novamente.

Nenhuma escapatória. A visão de Cassie se turvou, escureceu; ela mal conseguia ouvir Faye com a agitação nos ouvidos.

Sentiu as últimas gotas de resistência e de vontade lhe escaparem.

— E então? — disse Faye, com sua voz irônica e gutural.

Às cegas, mal sabendo o que fazia, Cassie assentiu.

Faye a soltou.

Depois apertou o botão mute de novo.

— Desculpe, Diana, disquei o número errado. Eu queria ligar para a assistência técnica da Maytag. Tchau! — E com essa ela desligou.

Ela se espreguiçou como uma gata, recolocando o telefone na mesa de cabeceira enquanto se deitava de costas. Depois colocou os braços na nuca e olhou para Cassie, sorrindo.

— Muito bem — disse ela. — A primeira coisa é: você pega o crânio para mim. Depois disso... Bem, depois vou pensar no que mais eu quero. Você entende que eu sou sua dona a partir de agora, Cassie.

— Eu pensei — sussurrou Cassie, ainda incapaz de ver pela névoa cinza — que éramos amigas.

— Isso foi só um eufemismo. A verdade é que a partir de agora você é minha prisioneira. Eu sou sua dona, Cassie Blake. Seu corpo e sua alma me pertencem.

Este livro foi impresso no
Sistema Digital Instant Duplex da
DISTRIBUIDORA RECORD DE SERVIÇOS DE IMPRENSA S.A.
Rua Argentina, 171 - Rio de Janeiro/RJ - Tel.: (21) 2585-2000